INK INK INK INK INK INK
NK INK INK INK INK INK IN
INK INK INK INK INK INK
NK INK INK INK INK INK IN
INK INK INK INK INK INK
NK INK INK INK INK INK IN
INK INK INK INK INK INK
NK INK INK INK INK INK IN
INK INK INK INK INK INK
NK INK INK INK INK INK IN
INK INK INK INK INK INK
NK INK INK INK INK INK IN
INK INK INK INK INK INK
NK INK INK INK INK INK IN
INK INK INK INK INK INK
NK INK INK INK INK INK IN
INK INK INK INK INK INK
NK INK INK INK INK INK IN
INK INK INK INK INK INK
NK INK INK INK INK INK IN
INK INK INK INK INK INK
NK INK INK INK INK INK IN
INK INK INK INK INK INK
NK INK INK INK INK INK IN
INK INK INK INK INK INK

楊照作品集
⑥

面對未來最重要的50個觀念

目次

作品集總序

楊照

我少年時候讀徐志摩的〈自剖〉，深感困惑。文章一開頭說：

「我是個好動的人，每回我身體行動的時候，我的思想也彷彿就跟著跳盪，……我愛動，愛看動的事物，愛活潑的人，愛水，愛空中的飛鳥，愛車窗外掣過的田野山水……」

然而第二段立刻急轉直下，變成了：

近來卻大大的變樣了。第一我自身的肢體，已不如原先靈活；我的心也同樣的感受了不知是年歲還是什麼的縶，動的現象再不能給我歡喜，給我啓示。……

整篇〈自剖〉，就是在剖析爲什麼會發生這徹底的大變化，徐志摩創造了一個虛構的朋友的聲音，用嘲諷的語氣幫他解釋了變化後面的緣由，這一部分論理少年我讀不懂，我也沒興趣。可是無論如何我忘不了這段幽黯的描述：

> 先前我看著在陽光中閃爍的金波，就彷彿看見了神仙宮闕——什麼荒誕美麗的幻覺，不在我的腦中一閃閃的掠過；現在不同了，陽光只是陽光，流波流波，任憑景色怎樣的燦爛，再也照不進我的呆木的心靈。我的思想，如其偶爾有，也只似岩石上的藤蘿，貼著枯乾的粗糙的石面，極困難的蜒著，顏色是蒼黑的，姿態是倔強的。

我困惑，人生眞的會這樣嗎？年歲增長，連像徐志摩這樣的浪漫精神化身，都會被窒息了那些活躍波動的感觸，都會被拘執固定成一顆枯呆安靜的靈魂嗎？

少年時候，還讀到葉珊（楊牧）的〈作別〉，深感沮喪。〈作別〉裡寫著：

> 多少年來，朝山的香客已經疲倦，風塵在臉上印下許多深溝，雨雪磨損了趕路的豪情。我也曾經在盛唐的古松下迷戀過樹蔭，我也曾經在野地的寺院裡醫治了創傷；我在獵人的篝火前取暖，在野獸的足印裡辨識惟一的方向。只因為遙遠的地方有肅

穆的詩靈——而我已經疲倦，倦於行走，倦於歌唱。……事實上我已經很厭倦於思維。我感覺到彩虹的無聊與多餘，我體會到春雨的沉悶與喧鬧；我已經不再能夠掌握鳥囀的喜悅了，看楓樹飄羽，榆錢遮天，那種早期的迷戀也會蕩然。

爲什麼感動與追求，會帶來疲倦與蕩然呢？爲什麼行走、歌唱和思維，竟然會帶來絕望的疲憊呢？我不瞭解，正因爲不瞭解，更覺得其中有一股荒荒忽忽，如遠方雷鳴或山頂席捲而下的風吼般的巨大威脅。

後來讀了白先勇的〈冬夜〉，心情更是轉爲宿命的無奈，原來所有的理想都根源自春青騷動；原來青春結束了，與理想相依相附的一切，浪漫的感懷、激烈的情緒還有與人與物之間的相繫感應，也都會消逝。就像〈冬夜〉裡那兩位老先生，自己被壓在現實底下動彈不得，只能保留一小塊心靈田地，想像著也許遠在地球另一端的對方，還在爲年少的理想前進奮鬥。兩人久別終於相見，得到的不是舊情誼的溫暖，而是互相揭開現實眞相後，彼此的終極幻滅。沒有人眞正能一直持有理想——這個天啓式的暗影悄悄全面籠罩，讓那個冬天夜晚那麼冷那麼冷。

年輕時，我努力寫作，因爲知道青春是有限的，理想與感動或許也是有限的。我的心底藏著一股袪除不掉的恐懼，不知哪一瞬間會有怪獸倏然躍出，大口大口吞噬掉我的青春與理想與感動，只留呆木與疲倦給我。對抗這想像（卻如此眞實）怪獸的方法，我惟一的方法，就是寫作，留下白紙黑字的記錄，留下怪獸吃不掉消滅不了的鐵證，證明自己青春過、理想過、感動過。

一路寫下來，對於怪獸的恐懼仍然不時閃動著，不過卻也慢慢發現了寫作不同層次的意義。原來以爲寫作只是保留青春、理想、感動證據的手段，寫到一個程度才驀然理解：原來寫作同時可以刺激、甚至逼迫青春、理想與感動，不那麼快從生命舞台上謝幕隱退。

累積的一行一行，一頁一頁，就像是過程的自己，不斷向現在的自我提醒喊話。十幾二十年來逢遇的讀者也不時殷勤持問著、關心著。於是所寫的與所活過的糾纏搏合成不可分不可辨的整體，不可能單純回頭指認這中間哪些是經驗哪些是記錄，哪些是過去哪些是現在。

這整體是我，這整體才是我。那時間變化中，留下了與社會時代掙扎互涉，直至遺忘時間或超越時間的整體，才是我能呈現我能提供的最終與最高，也才是和我摯愛的地方一起繼續動下去的夢想原力。

（自序）以觀念改變未來

那年，H住在淡水，曲曲折折巷子走到底，陰陰晦晦的窄梯一直爬上去，頂樓的小屋。H三天兩頭鬧胃痛，痛了就抽菸，抽菸都還緩和不了，就下樓到街上打電話給我。

我不見得會剛好在家接到電話。事實上，大部分時候都錯過他的電話，不過沒關係，媽媽告訴我H打過電話來，我就蹺一天課，在巷口藥局買日本進口的「胃仙優」，然後搭淡水線火車，晃啊晃地去找他。

H不肯喝胃乳，也不吃需要嚼碎吞服的胃乳片，他怕，不，他嫌那個味道。可是他問遍淡水藥房，沒一家賣可以直接吞服的「胃仙優」。

我永遠搞不清楚H到底住幾樓。也許四樓，也許五樓或六樓。人家正常住屋上加蓋又再加蓋的小空間。我去敲門，大部分時候H都不在，不過沒關係，我在門上夾插一張隨便哪裡撕下來的紙片，然後下樓拐幾個彎，就到了清水祖師廟的廟埕。

那個時代，沒有手機，甚至不太用電話，我們很大方也很奢侈地使用著時間，大塊大塊用來等待，等我們認爲值得等的人。

•

H值得等，也值得一次一次從台北送胃藥去救他。他那個看來毫不起眼的租賃小樓閣，外面有一大片陽台。正對著淡水河和觀音山，清清楚楚看見渡船頭人來人往，船在水中漾著細白的波浪。那樣恰到好處的距離，濾除了河上的臭氣，人眾的嘈嘩，卻放大了偶然飄過的山嵐，和河上渾圓的落日。

H立意要做個詩人，儘管在學校念的是化學。他最喜歡里爾克，爲了里爾克苦習德文，學會了一點德語發音原則，就硬背里爾克的〈輓歌〉，他說：「沒有更美的音樂了。」

H幾乎從來不提化學課業，也幾乎完全不閒聊。山嵐與落日之前，他話不多，但開口一定講他在意在乎的詩、哲學、存在與宇宙。

我記得那次，他從房裡撿出一本紅皮封面的書，塞進我懷中，說：「這個抵藥錢，你一定要讀。還有，你一定要被改變。」

我低頭看，那是一本盜印的書，巴金的《隨想錄》。H說：「沒有比這個更偉大的書了。」

我輕笑，「比里爾克偉大嗎？」

H鄭重點頭，「和里爾克一樣偉大。」

「怎麼偉大法？」

「這本書會改變歷史，它已經在改變歷史了，所以偉大。」H說。

•

H佩服巴金的勇氣，在文革洗劫之後，站出來說實話，而且主張大家統統說實話。H說：「其他人的勇氣僅止於批鬥『四人幫』，僅止於回憶文革，檢數自己身上的傷痕，悲歎著自己好可憐、好可憐啊，只有巴金，他說文革中我們都瘋了，別人批鬥我欺負我，然而我自己又何嘗沒有加害別人呢？文革十年，誰是單純的受害者，誰不是同時身兼一定程度的加害者角色呢？只有巴金敢這樣說。」

我對著落日用力吐出一口煙，故作失望狀地說：「就這樣？這樣就和里爾克同等偉大？」

「是的！」H微微激動：「巴金在講一個重要的觀念，不，他用自己的生命具體實存一個觀念，只有當人們不再把自己當受害者，自憐自艾地指認仇人、發洩報復以及要求補償，人才重新成爲人，生命才有機會回到正軌上。Cher Ami，你瞭解嗎？有巴金沒巴金，有《隨想錄》沒《隨想錄》，中國歷史會大大不一樣，你瞭解這中間的意義，意義的分量嗎？」

其實我瞭解。

•

天黑了，我們繼續陽台上聊，聊有哪些足以改變歷史的書，以及憑什麼可以改變歷史。

「因爲觀念，因爲人是靠觀念決定怎樣生活的。最恐怖的控制，是控制別人的觀念；倒過來看，最偉大的事業也只能是解放人的觀念，讓人的觀念從被控制、被禁錮的狀態下釋放出來。這樣的觀念，這樣的書就能改變歷史，像先知的《可蘭經》……」H

變得滔滔不絕。

「然則，《可蘭經》不也成了另一種控制觀念的力量，眞的是解放嗎？」我依然忠實扮演著「魔之辯者」的角色，刺激H說下去。

「是的，任何意欲解放觀念的觀念，其自身都有可能反而變成控制的工具，然而Cher Ami，我親愛的朋友，還好有一樣東西是觀念控制不了的，那就是生活本身。詩比哲學偉大，因爲詩不說教，詩不能說教，詩雖然和哲學一樣，努力想抽離、努力要萃取，不過詩在這方面，留下了恆長失敗的軌跡，詩是軌跡，一種哲學衝動無法充分克服日常生活，掙扎失敗、失敗掙扎，才留下來的軌跡……」H說。

「我不確定聽得懂你的意思……」我囁嚅地說。

「這樣說吧，《聖經》和《可蘭經》，他們背後都有僵化煩瑣的神學，都有強制的教會教條，可是神學、教會與教條，從來無法取代《聖經》、《可蘭經》，我們，一代代的人，不同文化背景的人，總是能直接從閱讀《聖經》、《可蘭經》自己得到啓發，不需繞路經過神學、教會與教條。爲什麼這樣？因爲《聖經》與《可蘭經》中收納了太多太多，豐富多樣的人的紀錄、生活的紀錄，這些就保障了他們活著……」

「我迷糊了，恕我引用莊子在濠上之辯時說的：『請循其本』，請告訴我，到底這跟觀念、跟改變歷史的書，中間有什麼關係？」

H作勢假裝要拍拍我的臉頰，當他的智力發揮到極效時，他臉上會露出一種特殊的驕傲，在黑暗中引人回想起不久前才消逝的落日夕陽：「Cher Ami，我親愛的朋友，你怎麼會弄不懂呢？書承載觀念，所以才能改變人，才能改變歷史。然而書不能只承載觀念，只有觀念的書，是暴君是獨裁者，講觀念的書，要有故事要有生活，大量的故事大量的生活，這樣才能保證書中傳遞的觀念，是軟的不是硬的，是動的不是靜的，我親愛的朋友，你就是花太多時間在其他無聊的書上，卻太少讀這種眞正重要的觀念之書了……」

•

不知爲什麼，我一直沒有忘掉淡水小樓上的這段對話。某個意義上，《面對未來最重要的50個觀念》，竟是多年前對話的直接產物。

一路寫作那麼多年，沒有一些信念支撐，不可能走下來的。其中一個信念，就是相信：應該用自己的筆，改變這個社會，提醒少掉一些什麼不好的，也許還能說服一些人追求些什麼更美好的。

我從來沒有自信自己「能夠」，只是覺得自己「應該」，而做「應該」的事，讓我心安，讓我活得舒服些。

前一陣子整理我對台灣的「未來思索」，出了一本《十年後的台灣》。遇到好幾位《十》書的讀者，他們都問我：「你對台灣的前途是悲觀的，對不對？」

不是故意要玩文字遊戲，我覺得自己是個「樂觀的悲觀主義者」，因爲樂觀，所以才採取悲觀的態度。

我是樂觀的，因爲我相信社會可以改變，我不接受命運，更不接受任何萬劫不復的預言。然而相信改變的人，就得找出應該要改變的地方，也就是找出那壞的、黑的、暗的、沉淪的、墮落的、危險的地方，然後號召大家用力予以改變。而要找出所有那些壞的、黑的、暗的、沉淪、墮落的、危險的，不靠一雙悲觀的眼睛行嗎？

《十年後的台灣》找出了許多壞的、黑的、暗的、沉淪的、墮落的、危險的，找出來之後，下一步要問的當然就該是：「那怎麼改呢？」

「那怎麼改呢？」這問題在我心中叫喚出老友H，以及淡水水小樓上對話的記憶，要改，還是只能從觀念改起吧！重新整理、認知、定義我們生活中的觀念，調整其方向與輕重，在我看來，是讓未來能夠變得美好，最要緊的準備工作。

因此寫作《十年後的台灣》同時，我也開始整理面對未來重要的觀念。一個個拿出來自己思辨，找出新的理解與詮釋方法來。

我當然不會狂妄到以爲自己可以寫一本改變歷史的書，不過老友H的話卻砥礪著我，努力尋找如何讓觀念與故事與生活密切相繫的表達方式，我希望這樣一本書，在思考上可以和《十年後的台灣》相互補足，至於在文章的精神追求上，卻可以向詩接近，向老友H所說的那種詩的軌跡接近。

觀念01

多元環境

戴高樂當法國總統時，曾經半開玩笑半認真地抱怨：「誰有辦法統治一個可以搞出兩百四十六種乳酪的國家呢？」

戴高樂這話，有一個部分純屬玩笑。那就是兩百四十六這個數字，雖然貴為法國的國家元首，儘管他手下管轄的是全歐洲甚至全世界最有歷史最龐大的文官體系，他都不可能真正弄得清楚全法國究竟生產多少種乳酪。

如果戴高樂確定知道法國一共就有兩百四十六種乳酪，老實說，這樣一個國家就沒什麼不能治理的了，戴高樂那句話真正的重點，其實是在凸顯國家機器、政府行政與民眾生活間的隔閡，國家機器、行政體系掌握不著，更管不到法國人到底製造了哪些乳酪、怎麼製造的，又進到了哪些人的肚子裡。

法國會有那麼多種乳酪，道理很簡單。因為法國的乳酪保留了高度手工業特質，小型生產是大宗、主流。再者法國乳酪絕大部分是以傳統方式用生乳製造的。生乳長了細菌進行了種種化學變化，形成乳酪，這是乳酪最最基本的原理。想想看，空氣裡有多少種不同細菌，影響細菌和生乳產生作用的變數有多少，怎麼可能算得清楚最後形成的乳酪有多少種呢？

法國人管不住自己的乳酪，看在美國人眼裡，簡直野蠻。在美國，一講起細菌，一般人馬上聯想的就是肺結核和猩紅熱。換句話說，在美國人的概念中，細菌的自然角色就是致病來源，是純然負面、可怕的。所以對待細菌的基本態度，首先是消滅，無法完全消滅，也得想方設法予以管制。

早在二十世紀初期，美國聯邦食品藥物局（FDA）就嚴格規定，所有在市場上販售的牛奶，都必須經過高溫殺菌的程序，加熱至一百四十五度長達半小時，或加熱至一百六十五度十五秒，確保牛奶中沒有細菌存活。從一九四七年起，FDA又規定，所有的乳酪祇能透過兩種程序製造：一種是使用高溫消毒過的牛奶；第二種是如果使用未消毒的生乳的話，乳酪必須經過至少六十天才能上市，讓裡面的細菌釋放完可能的有毒物質，而且不再大量增殖，進入固定穩定的環境。

FDA的規定，使得美國人不可能吃到黏黏糊糊稠答答的生乳酪，也排除了像法國或荷蘭等地自然傳統製程產品的進口機會，更重要的是，FDA的監管、檢查，為了符合衛生程序所需進行的設備與人力投資，也使得美國小型家戶式乳酪生產無以為繼，酪農祇好放棄生產程序，單純做原料供應商，把牛乳供應給跨國大廠如Kraft、Borden去製成乳酪。於是這麼幾十年下來，美國人祇能吃得到大廠標準製程造出來的乳酪，許多美國人以為乳酪就祇有那麼幾種，就祇有那些基本、直接的味道。

一直到他們有機會去了歐洲，到巴黎到羅馬到阿姆斯特丹，吃到人家的乳酪。雖然都叫乳酪，不理會消毒規定、沒有風乾儲藏六十天，用生乳製造的東西，就是大不相同。一個吃慣美國乳酪的美國人，在巴黎餐館留下的讚歎最為經典：「我以前吃的是祇是乳酪，今天在這裡吃到的，是卡拉絲的詠歎調。」

是了，生乳乳酪最大的特色，為什麼在美食烹調裡那麼重要，就在其不可測的複雜性。乳酪有其基本的味道，就像卡拉絲唱歌當然還是要照著譜來一樣，可是在那基本味道之上，不同地窖不同木桶不同塊的乳酪，卻會有自己的個性。吃進嘴裡時，不同元素依著不同步調從不同角度進攻你的味蕾與嗅覺細胞，時而狂暴時而輕柔，時而包圍時而突襲，時而熱時而冷時而涼爽，在單音當中變幻著無窮可能。

怎麼抗拒這種誘惑？更重要的，怎麼能在嚐過複雜如卡拉絲詠歎調的乳酪之後，回頭忍耐乾淨單純得乏味的美國乳酪？可以想見，長期以來，美國有著一個口耳相傳的地下乳酪管道。有人用不符FDA規定的方式做「另類乳酪」，偷偷賣給餐廳跟美食饕客。一九八三年，《紐約時報》記者私訪八家紐約市內主要乳酪賣場，在每一家都發現了不合規定的乳酪；一九八五年，南加州出現一次一共有二十九人受害的生乳乳酪中毒事件。兩件事在當時都構成轟動醜聞，讓許多美國人「聞生乳色變」。

然而在報導生乳乳酪事件時，新聞媒體都忘了提一件重要事實。那就是從一九四八年以來，美國曾發生過六次大規模的乳酪中毒事件，其中祇有一次起因於生乳乳酪，另外五次惹禍的是消毒過的牛奶製造的乳酪。

九〇年代以來，美國人越來越講究自然生機飲食，法式烹調概念被大量引進，終於吸引了科學家們認真去看待乳酪內的細菌作用問題。科學家們暫時卸除社會的偏見，回到原點，仔細記錄不同製造程序產生的菌類效果，長期試驗下來，得到了意外的答案。

有越來越多生物學家相信，生乳製造的乳酪，會比消毒牛奶做的，來得安全。關鍵就在於：生乳形成的是一個多元環境，各種不同菌類在這裡複雜互動，彼此影響也彼此牽制，如此一來，任何一種單項細菌要大量繁殖到對人體有害的地步，機會微乎其微。多元而混亂的環境，保證了每一種細菌、每一個元素都在擁擠的自然情況下被中和緩解了，多元不祇帶來多層次的口感，多層次口感也同時取消了單一因素的破壞力。

相對地，將所有細菌一網打盡的「乾淨」牛奶，雖然讓細菌很難進入，然而祇要幾株細菌成功存活，就會快速繁殖，換句話說，把關很緊，可是一旦被滲透了，就可能一敗塗地。

小小的乳酪，其實就牽涉到一個社會如何看待「安全」議題。我們要的「安全」，是一個無菌、單純的環境；還是多元、擁擠、牽制的環境？在政治哲學上，美國的民主顯然屬於後者，然而在食物領域裡，美國人卻長期傾向於前者，與法國的傳統大相逕庭。

戴高樂的抱怨，歸根究柢是抱怨法國社會太多元了，多元到無法以一套程序、一個原則來治理。不過表面上難治理的多元法國，畢竟也不容易搞出什麼禍端來吧。極右派勢力一抬頭，法國的中間派和左派立刻聯手，封殺了極右派獨大的可能。這不正很像生乳裡的細菌作用模式嗎？

難治理又怎麼樣呢？難治理的法國才生產得出如卡拉絲詠歎調般多元豐富、妙不可言的乳酪啊！

觀念02 配套

科學與生活有什麼不同，最根本的不同：生活是配套的，科學卻老是要把本來配套的東西拆解開來。

此話怎講？先講個故事。

美國加州生產葡萄酒的中心地帶，有一所大學叫加大戴維斯分校。地緣關係，加大戴維斯分校開設了特別的系——葡萄種植與釀酒系（Department of Viticulture and Enology）。也因為地緣關係，這個系在全世界葡萄酒業界，有著相當高的地位。

長期以來，盛傳戴維斯分校的葡萄酒系（讓我們這樣簡稱吧！）會給高級的進修人員做一項很困難的測驗。尤其歡迎那些自認在品酒上修為甚高，甚至已經是專業品酒師的人來參加。據說，一般賣酒餐廳的老闆，平均成績大約在三十分左右。遍嚐好酒的頂尖業餘愛好者，大概可以拿到五十分左右。至於品酒師，也祇能在這項滿分一百的測驗獲得六十分左右。

什麼測驗這麼難？桌上放一堆黑玻璃杯，每個酒杯裡裝了不同的葡萄酒，然後要受測者回答——「這杯是紅酒還是白酒？」啊，這麼簡單!?對，就這麼簡單。分辨紅白酒不是喝葡萄酒最最基本的能力嗎？任何對酒有一點認識的人，誰會分辨不出紅酒還是白酒？紅白酒選取的葡萄種類不同，釀造的程序方式不同，釀出來的結果會無法分辨？

別急，剛剛前面說了，這個測驗與驚人的成績祇是「傳聞」而已。儘管有很多人描述自己親身經歷測驗，但如果你到加大戴維斯分校葡萄酒系詢問，他們給的標準答案是：從來不曾有這種荒謬的測驗存在，當然也就不會有受測成績記錄可供參考了。

這到底怎麼回事？一個可能：很多去戴維斯分校葡萄酒系受訓的人，串通起來說謊，或是集體夢遊產生幻覺。另一個可能：正因為這個測驗太違背常識，測驗成績會讓很多受訓的人沒面子，所以葡萄酒系吃了秤錘鐵了心，無論如何就是不能承認有這種測驗。要不然想想看：每一個到葡萄酒系進修過的人，都要被人家用戲謔的口吻一再問：「那你學會分辨紅酒白酒了嗎？你的紅白酒測試得了幾分？」多尷尬！

我們無法證實戴維斯的測驗，沒關係，前兩年倫敦《泰晤士報》有過類似的報導。一個壞心眼的法國研究者找了數百人來參加實驗，其中不乏許多對酒瞭解甚深的人，也有品酒師。

參加實驗的人會拿到兩杯酒，一杯白酒一杯紅酒，品嚐那兩杯酒，然後將酒的味道描述寫下來。絕大多數人寫的描述中規中矩，白酒喝來就像白酒，紅酒就有紅酒的特質。問題在：那兩個杯子，其實裝的是完全一樣的酒，只是其中一杯用完全無臭無味的色劑染紅了。竟然只有三%的人提到那紅酒喝起來有白酒的感覺，而且這些人幾乎都和葡萄酒行業，從釀酒到賣酒，沒有任何關係。

不管是戴維斯分校傳聞中的神祕測驗，或壞心法國研究員幹的，都是科學。隔離掉其他會影響人判斷味道的因素，專注集中測試味覺究竟有沒有辦法分出紅酒或白酒。

科學得到的結論是：連紅酒白酒這麼簡單的問題，我們都大幅依賴暗示。越是「專家」越是依賴暗示。科學似乎不懷好意地在嘲諷那些自命專家，擺出高姿態教我們怎麼選酒怎麼喝酒的人：「別裝了啦！你們真喝得出差別才怪！」

從科學試驗得到的教訓，因而也就似乎是：別信品酒家講得天花亂墜那一套，他們不是真正喝出來的，而是想像出來的。

是的，這就是科學。不斷在抽離、分析。抽離、分析、窄化、聚焦、控制變數，科學才能教我們很多我們不知道的事，才能讓我們免於成為種種盲信、愚昧的犧牲者。然而，不管科學如何發達，不管科學精神、科學方法如何普遍滲透入各個生活層面，科學就不是生活本身，也不能取代生活本身。

在生活裡，我們就不是那樣喝酒的。為了做實驗，科學家拿走了兩樣喝葡萄酒時非常要緊的元素。一是酒的顏色，二是酒的溫度，顏色當然是暗示，顏色還是重要的指引，讓喝酒的人預期自己要喝到什麼樣的味道，預期加感覺，才是生活中真正的酒入口入喉產生的效果。為了混淆紅白酒，將兩種酒都弄成室溫，當然對白酒極度不利，幹嘛大家養成習慣喝低溫白酒，因為這種酒質在低溫中能發展出獨特的香味與口感。生活中，我們沒事會去把適合冰溫的白酒拿在室溫下品嚐嗎？

控制變數中，還有一項科學的狡詐。戴維斯分校的測驗，和壞心法國研究員的實驗，都刻意找了紅白酒中間質地的樣品。有些紅酒白酒味道相去不多，並不表示所有紅酒白酒統統如此混淆相似。生活的真實是：紅白酒有千千百百種，隔離其中的一部分，一大部分，得到的科學結論，就不會是生活事實。

生活事實是：紅白酒各有極複雜的變樣變種。法國總統戴高樂為了形容法國政治的麻煩，曾留下過一句名言：「一個有兩百四十六種不同乳酪的國家要如何統治？」他大可以再加上一句：「有三百種紅酒加一百八十種白酒的國家要如何統治？」生活現實在我們不是喝「紅酒」或「白酒」，我們喝某一種特定的紅酒或白酒，我們喝酒的香氣、味道、口感，我們也必定喝酒的溫度、酒的色澤。我們還無可避免一起喝酒杯的品級、喝酒的售價，也喝周遭的氣氛與感受。

換句話說，我們喝酒是「配套」的。把紅白酒的差別單獨抽離開來，就不再是生活中的喝酒行為，變成另外某種測驗或研究了。我們常常藉由簡化、化約，來釐清邏輯、來追求新知。不過在這樣的過程中，應該不要忘了：生活本身畢竟還是建立在複雜而非簡單、豐富而非化約的原則上。種種配套配得越多，生活的享受越高，這幾乎是顛仆不破的真理。不然去問問那些設計測驗設計研究的人，他們比較喜歡就著美食、高朋滿座，一邊研究酒瓶標籤，一邊交換關於葡萄與葡萄酒的奇事軼聞，在這種狀況下喝酒，還是：單純為分辨什麼是紅酒、什麼是白酒而喝呢？

「配套」之為用大矣！時時記得「配套」，我們的道理與邏輯，才不會和生活現實脱節；時時記得「配套」，我們才不會陷入單線思考的自以為是；時時記得「配套」，我們才不會把自己的視野與關懷，搞得越來越狹窄越乏味。

觀念03 具體生命

海明威的小說《在我們的時代》裡，少年尼克隨著父親前往印第安部落，幫印第安產婦接生。遇到了難產的棘手狀況，產婦叫得死去活來，嬰兒卻遲遲生不下來。大家都很緊張，擔心產婦和嬰兒能不能安然存活下來。幾經波折，好不容易小孩終於誕生了。可是出了印第安帳篷，卻赫然發現產婦的丈夫，因不堪緊張折磨，竟然自殺死了。

那男人之死，震駭了少年尼克。尼克忍不住問爸爸：「要死掉很難嗎？」爸爸回答說：「那要看情況。」

要看情況，有時候很難，有時候卻也可以非常簡單。這是人類生存最大、也是最戲劇性的難題。在什麼狀況下，人會決定選擇不要繼續存在下去？為什麼存在可以那麼簡單，又可以那麼艱難？倒過來問：為什麼死亡，有時那麼艱難，有時又可以那麼簡單？

最難的，不是一死，而是人為什麼選擇一死？

一九九七年九月，日本最受矚目、最受爭議的導演伊丹十三，推出他第九部作品《被監護的女人》。電影上演沒多久，日本八卦雜誌狗仔隊拍到伊丹十三和一名年輕女子共處的偷窺照片，大肆渲染報導伊丹十三的「外遇」。十二月二十日，時年六十四歲的伊丹十三從東京麻布台事務所窗口跳樓自殺，日本新聞界大騷動。

日本新聞界密集報導伊丹十三的消息，各式各樣的人跳出來懷念伊丹十三，並且提供對於伊丹十三死因的猜測。伊丹之死，應該是受不了姦情曝光，羞愧自殺，有人這樣說。伊丹不是羞愧而死的，他明明說他是「以死明志」，用自殺來彰顯自己的清白啊！有人這樣反駁。伊丹的死，雜誌報導衹是導火線，真正原因在他幾年來被黑道騷擾，不堪其恐嚇威脅而造成的，有人這樣認為。

還有，伊丹十三重要的同行，也具備演員與導演雙重身分的北野武，則主張伊丹十三之死，根本是因為工作上的瓶頸。講白了，就是「江郎才盡」，再也拍不出好電影了吧！帶點傲慢、帶點輕蔑，當時剛剛在威尼斯影展得獎的北野武甚至說：「伊丹先生從高樓屋頂朝下看的時候，我的得獎說不定從背後推了他一把呢！」

這些吵吵嚷嚷的報導，共同點在：每個發言的人，似乎都對伊丹十三如此確切瞭解，他們一眼看穿，或者該說一口咬定，伊丹十三就是這樣的人，伊丹十三就是這樣想、就是這樣思考這樣決定，而從事務所窗口跳下來的。

他們沒有懷疑。不管是惋惜、還是懷念、還是指責批評，他們「如實地」指著伊丹十三說：「你就是這樣！」

指著那已經不在的、不會回來反駁他們的伊丹十三，盡情地說他們要說的話，做他們要做的秀。「……他們都對自殺者共同懷抱一份侮蔑之情。侮蔑之情來自一股確信，他們有充分的把握，認為媒體世界裡曾經被奉為王者之一的他（伊丹十三），如今已經從高處跌下，萬萬不可能再回來反擊他們了。」

說這段話的人，是日本小說家、諾貝爾文學獎得主大江健三郎。比伊丹十三小兩歲的大江，和伊丹關係匪淺，一九五一年，大江剛剛開始接觸文學，產生了對於文學的熱情，在當時念的松山東高中參加文藝部活動，就認識了同校學長，本名為池內義弘的伊丹十三。

少年到青年時代，伊丹對大江保持著介於朋友與大哥之間的親密來往。應該也是伊丹十三的影響吧，大江在二十五歲時娶了伊丹十三的妹妹由佳里為妻。於是伊丹十三正式成了大江的妻兄、大舅子，兩人的互動來往更是直接、頻密。

而且兩人都長期在日本文藝圈中，以奇特的叛逆身分活躍著。兩人的作品，原本都遭到日本主流批評界的青白眼，後來在國外受到讚賞、重視，才「出口轉內銷」，衝擊日本讀者與觀眾的。

從生平經歷來看，若是要選最親近、最瞭解伊丹十三的人，大江健三郎應該排名很前面吧！然而，伊丹自殺後，大江健三郎連續看了一個禮拜電視新聞的報導。他的體會：「……一開始就預料自己可能無法體會新聞秀主持人，或他（伊丹十三）電影中那批新世代男女演員使用的語言。沒想到連年齡相近的電影導演、劇作家、甚至演藝界和社會一般評論員所講的，同樣難以理解。一個話題越是凝聚，他們使用的語言內涵越是遠離你所能理解的範圍。」

和伊丹相知相交將近半世紀的大江，聽不懂那些談論伊丹的話！重點一定不會在那些人揭示了什麼大江不知道不認識的神祕、隱藏的伊丹十三，而在：大江太知道伊丹這個人的複雜性，因而無法將那些人斬釘截鐵描述的伊丹十三，和真實活過、笑過、哭過、艱難過、掙扎過的伊丹十三，搭配得上吧！

出於對這種簡化、獨斷的無奈憤慨吧，大江健三郎用小說形式寫了《換取的孩子》，寫伊丹十三以及伊丹之死。《換取的孩子》沒有打算要跟那些新聞爭奪「伊丹之死解釋權」，不是要推出一個「更接近事實」的「大江版」來反駁、對抗那些粗糙、無理、輕蔑、自以為是的種種說法。小說裡，大江沒有給對於伊丹之死的「另一種答案」，他鋪陳的，毋寧是生命的複雜與不確定性，以及導致一個人死亡的原因，如此悠遠、錯亂，近乎無可追溯。

當我們認知生命沒有標準答案，死亡沒有單一解釋時，我們才懂得尊重生命，也才懂得尊重死者。閱讀大量關於伊丹十三自殺報導的日本人，祇是在消費一位知名導演的生命悲劇而已，以伊丹悲劇為自己日常無知無聊排遣一番，之後，伊丹與伊丹之死就跟他們再沒什麼關係了。可是閱讀《換取的孩子》的讀者，卻被迫透過伊丹與大江的生命歷程，回身思考許多自己一樣逃躲不掉的問題——人為什麼活著？生命某個階段做過的事，和後來的自己之間的關係到底是什麼？接受社會主流是對的、還是反叛才是對的……

一路回到尼克的父親那一句最曖昧的廢話：「那要看情況。」這曖昧廢話卻也是最難被否認的真理。生或死，我們都無法抽象地予以評斷其易或難，祇能進入「情況」裡，翻挖出複雜、錯亂，所有拒絕標準答案、拒絕簡單責任歸屬的具體生命事件。

台灣新聞界、演藝圈對待倪敏然之死，多麼類似當年日本人對待伊丹十三的自殺事件，可惜的是，倪敏然身後沒有一個像大江健三郎的人，幫他撥開所有的粗糙、無理、輕蔑、自以為是，誠實直視生命的具體艱難。

在這種時刻，與其繼續追看對於夏禕的炒作，不如翻翻看看大江健三郎的《換取的孩子》吧！我相信，在天上的倪敏然應該會對《換取的孩子》裡出現的伊丹十三，有最高度的認同才對。

觀念04 故事

半個多世紀前，德國思想家本雅明（Walter Benjamin）寫過一篇題名為〈說故事者〉的文章，開頭就感歎：「（說故事者）離我們越來越遠了。……說故事的藝術就要終結了。我們越來越難遇到可以好好說個故事的人。越來越常碰到：有人表示想聽故事卻祇能換得滿場尷尬的局面。」

本雅明的感歎，半個多世紀後在台灣有許多回響。很多人抱怨電視連續劇不好看，小說不好看，抱怨這些做連續劇、寫小說的人，「都不會講故事了！」也抱怨：「現在都沒有人會講故事了！」

是這樣嗎？是，也不是。的確，故事正從我們生活中消失，的確，越來越難被好的故事感動、影響了。不過，故事與講故事的人，難道真的都不見了嗎？

我就認識一個天生的講故事好手，黃春明先生。他隨時隨地能講、愛講好聽的故事。前幾天，他到電台上我主持的節目，說他在宜蘭新辦的一本同仁雜誌《九彎十八拐》，以及他幫蘭陽戲劇團編的新版歌仔戲《白蛇傳》。節目開始前，我跟黃春明閒聊，說我最喜歡宜蘭雙連埤，尤其黃昏景致令人流連。進了一段現場訪談，廣告時間到了，黃春明突然對我說：「你知不知道雙連埤有一隻三腳豬？」

這隻三腳山豬小時候被獵人陷阱夾到，因為牠長得太瘦小了，所以陷阱沒有夾住牠，卻夾斷了牠的腿，所以讓牠逃走了。不知怎地，原本瘦小的山豬，後來長得又大又壯，開始下山報仇了。不祇報自己的斷腿之仇，還要為更多被人類捕殺的同伴報仇。三腳豬又壯又快又精，獵人們都被牠整得天翻地覆。

黃春明突然又說：「你知道三腳豬的結局是怎樣嗎？都沒有人知道牠怎麼消失的。」原來是一個暴風雨的夜晚，三腳豬在山崖上遇到了一個恐怖黑影矗立眼前，牠使出最大力氣朝那黑影撞去，那黑影竟然絲毫不動，三腳豬拚出全力絕不退讓，三隻腳拚命撐在地上使力，雨打下來，雨水混著牠頭上猛撞流出的血滴下來，牠不服輸，再一用力，那黑影畢竟被牠推動了，一分、一吋……

講到這裡，廣告時間結束，我們又進現場訪談了。真是驚人的說故事本能，在短短兩、三分鐘內，黃春明就即興、認真且精采地講了一個故事，至少是四分之三個故事吧！

怎麼會沒有故事，沒有講故事的人呢？故事之所以逐漸離我們遠去，問題恐怕不祇出在「生產者」，更該負責的也許是「消費者」吧！

回到本雅明的那篇文章，他清楚明白點出了過去「說故事者」最重要的特質：他們都來自遠方，帶著一身與我們熟知的生活環境完全不同的經驗。故事之所以迷人，因為故事述說的，是某種對我們如此陌生的事物，我們不該相信，卻透過說故事者的權威，使我們不得不信。

故事與說故事者的黃金年代，應該是大航海發現期吧！每一個海港祇要有遠航的船隻歸來，家家戶戶就扶老攜幼趕到碼頭上，興奮熱切地等著要聽故事。船上下來的人，一定有一個被推為代表，他可能是水手、可能是傳教士、也可能是隨船去調查遠方動植物或土俗人種的學者，就在帶有鹹味的海風中，說故事的人開口說：「我們離開里斯本出航的第八十三天，左船舷突然浮現了物體的陰影，巨大如陸地，然而卻又快速移動朝我們而來……」所有人屏息聽著，他們心底無意識早已準備好了：這將是個荒誕奇異的故事，然而他們願意相信。

那是人對於世界還充滿無知與好奇的時代，那也是人還沒那麼自信自我的時代。每個人內心保留著很大一塊沒有把握的空間，曖昧的空間，準備如實地接近在看不見的遠方，的確會發生些我們不瞭解、我們不能想像的事。

例如在世道輪迴裡，會有一尾報恩的蛇，化做人形與其恩人結為夫妻，卻陰差陽錯被她的恩人給害了。例如說和我們一般世俗生活，平行存在著另一個武俠、江湖的世界，那世界裡的人或者可以飛簷走壁、或者可以吐劍光奪人首級於百步之外，他們各有師父、各有幫派，也就各有複雜的恩仇。就在我們看不到、或看不出來的那塊空間裡。

故事消失，其實是因為聽故事的人不再好奇，也就是，不再對故事感到謙卑。現在的人不再覺得有什麼樣的經驗，是我們不知道的，整個世界都不神祕了，每個可能藏著祕密的角落都被探索過了，於是我們收拾起好奇的心，從聽故事者的角色，徹底改換成評論者的角色。

真正消逝了的，是聽故事的人。沒人再要認真聽故事，進入故事的異質世界。故事還沒開始之前，我們已經先準備好要評論了。

「這怎麼可能？」「這隻豬應該要會飛才好吧？」「那尾蛇幹嘛得是女的呢？牠不能

變成男的跟許仙當朋友嗎？」……評論一開始，故事就完蛋了。因為評論者就把自己擺放得比故事地位高，他們沒打算要和故事平起平坐，更沒打算要張著合不攏的嘴，單純地接受故事、享受故事。

現在的人們，不再從聽故事、相信故事裡得到樂趣，最大的樂趣變成了是發表對故事評頭論足的種種意見。於是反過來，這種態度也就決定了什麼樣的事會引起這個社會興趣，什麼不會。

別人真正奇特異質的經驗，這個社會沒有興趣。雖然那些遠洋船隻上的水手們，可能還是有一大堆稀奇古怪的航海經驗，然而誰會再跑到碼頭上去聽他們訴說呢？白蛇青蛇水淹金山寺，或者屈原投江的故事，每年端午節行禮如儀講一講，可是人們也不會真的有興趣了，因為那和他們「無關」，他們沒辦法用自己狹窄的人生去評論白蛇青蛇，或三閭大夫。

那什麼才會引起興趣呢？倪敏然之死、倪敏然與夏禕的關係，這些，會有興趣。因為每個人都可以覺得自己有資格有能力評論他們的行為、他們之間的糾結，這種新聞，不祇滿足了社會上的偷窺癖，還滿足了眾說紛紜的「評論癖」。

太多人靠評論別人來解決自己生活上的單調與無聊，這個時代這個社會，本來最能排遣單調與無聊的故事，因而就被冷落在一旁了。如果打一開始，你就不相信雙連埤真的有一隻三腳山豬，那你也就不會好奇：風雨夜，三腳豬到底遇上了什麼樣的鬼怪強敵，三腳豬的結局又到底如何？

觀念05

數量

棒球和美式足球，有什麼不同？

最大的不同，在美國，棒球是生活，美式足球則是儀式。

儀式就是將一些非生活、甚至反生活的元素，聚攏在一起，予以誇張、戲劇化處理。美式足球的球季，在最冷的季節，從秋天開始，氣温愈下降，球賽愈重要。一年一度的總決賽「超級盃」，訂在一月底，最深的冬季，無底的寒冷。

不適合戶外運動的季節，偏偏拿來進行最激烈的運動。美式足球是生活的對反，甚至是生活的厭惡者，讓我們想起尼采以及尼采的超人哲學，極端的情境下，人方能超越自己，超越人性的軟弱與困頓，找出那不存在於日常生活裡的英雄行徑與英雄氣概。

美式足球，不管大學的、還是職業的，慣常一周衹比賽一天。大學的比賽在周六、職業的比賽在周日，都是放假日，所以看球賽之前，球迷早早就先開車到球場停車場，拿出烤肉架和超大超厚的美國牛排，來一場「車尾派對」。派對當然少不了啤酒，牛飲狂飲一番，到進場看比賽時人已半醉，裁判鳴笛瞬間，酒足肉飽的觀衆正式進入忘我瘋狂狀態……

觀衆忘我瘋狂，場內球員的激烈衝撞當然也不能不忘我瘋狂。美式足球場上不時傳來足以壓過觀衆吶喊叫聲的碰撞巨響，幾乎像是車禍——而且還不是擦撞，是逆向對撞——才會發生的聲響。當然不會有人把車子開進球場來，是球員頭盔互撞的效果，而且力學測試顯示，這樣的碰撞巨響，不衹聲音像兩輛車相撞，有時候那種力道，也不亞於兩車相撞。

這麼瘋狂的比賽，一個星期衹能比賽一場，一整個球季頂多也衹能有十六場比賽。倒過來看也成立：每周衹比賽一場，每年衹有逼得人憂鬱得想自殺的冬季，有十六周足球季，才有辦法激發出這種非常的、儀式性的瘋狂情緒吧！

美式足球是酒神式的、是爆炸式的，是超脫於一切習慣以外的。甚至超脫於自己的習慣之外。每周最重要、最多人守在電視機前看的，是哪場比賽？是唯一一場不在星期天打的球賽——「周一晚足球」(Monday Night Football)，全國性轉播，而且同時間沒有其他足球比賽來攪局競爭，構成了「儀式中的儀式」，或「儀式外的儀式」。

棒球就不是這樣，光是比賽數量就決定了棒球不可能走那種激動儀式的道路。美國職棒大聯盟，每支球隊每一季要打一百六十二場季賽。算算，從四月到十月，差不多半年時間，總共也才一百八十天左右，也就是說，球季中，每天都有比賽，每天每支球隊都要出賽。數量一大，意義必然就隨著改變了。沒有人能承擔用那種情緒強度去面對每天每一場比賽。台灣人說：「沒有天天過年的。」換做美國話，應該是：「每天派對，就等於沒有派對。」足球每周一次，最適合狂歡派對，棒球一天一次，一不小心就變成麻木無感覺的習慣了。

職棒和美式足球不一樣，也和錦標賽、國際賽的棒球不一樣。因為要打那麼多場，就不可能認真計較每一場輸贏了。贏了這場，還有下一場，輸了這場，也還有下一場。

不是說職棒選手、職棒球迷，沒有强烈的求勝熱情，而是那種熱情一定得要轉化為一種態度、一種哲學、一種時間感。每場比賽，不可能單獨存在，必須被放進宏觀的架構中，恰如其分地占據其應有的位置，成為時間長流中的一小部分。長流本身，才是輸贏、才是棒球。

棒球比賽數量大到那種程度，逼得球隊就是不可能「爭一時」，祇能「爭千秋」。按照我們貪婪的個性，一定會主張該「爭一時也爭千秋」，每場球都打贏，那球季不就一定贏了嗎？

不是這樣，現實不是這樣，至少棒球的現實不是這樣。如果投注那麼多的心理能量在單一球賽上，球員很快就累了，身心俱疲，根本撐不到季末。將單一球賽看那麼重，如果輸球怎麼辦？有那種被人家意外逆轉輸掉的球賽，有那種被人家壓著打打到完全抬不起頭而輸掉的球賽，輸了感覺人的尊嚴和存在的意義都被掏空了般，可是明天還有比賽，怎麼辦？後天還有比賽，怎麼辦？如果太在意，輸掉的球賽就會一直陰魂不散，於是從輸一場牽拖變成輸一串、輸一大串。

如果太在意，就連贏球都變成可怕的詛咒。興奮痛快的感覺殘留到了明天，明天就沒辦法專注應付球賽。殘留到後天，那連後天也完蛋了。於是贏一場球，接著得輸好幾場球。

在美國棒球，就連洋基隊那種超級王朝，都很難將單季勝率推到七成，六成都不太常見。一般五成八、五成九就很有機會拿下分區冠軍進季後賽了。換句話說，十場比賽要輸掉四場左右，都還是好的戰績。這不是偶然，也不是聯盟刻意安排的，而是天天比賽這種頻率製造出的理性，誰能調整球隊心理強度調到固定、有效地每十場贏六場，就最有希望征服整個球季。

球季的總帳才重要。以前，大聯盟的季後賽，吝嗇到祇收四支球隊。季後開打，就是聯盟冠軍賽。季賽總成績稍差一點點，想都別想要靠季後爆發力贏回來。就算現在的賽制，六個分區冠軍加兩隊外卡，八支球隊進季後，在所有美國職業運動中，還是最精簡的。NBA季後每年都有「老八傳奇」的話題，「老八」在東西區各有一個，總排名其實可能排到十六名去，美國棒球季賽十六名，早就回家睡大覺，有什麼「傳奇」機會？

不祇季賽重要，天天比賽製造的時間感，那種滔滔長流的氣勢，還使得美國棒球成了全世界最重視歷史、最重視紀錄的運動。每場球不祇必須在季賽的全面觀照裡找到它的位置，還要擺進更廣更大的歷史中，才能真正安放。每位球員，都在和自己過去、未來的紀錄一起投球、跑步、揮棒，也都在和百餘年最優秀的職棒選手留在球場上空、留在紀錄簿上的不散幽靈，一起投球、揮棒、跑步。

棒球成了生活，和生活有一樣的步調及性格。美國職棒場上必定有一份夏天的悠閒、懶散，沒有人每分每秒盯著看球賽的；棒球場上追求的，也是那種一連串反覆動作中的英雄行徑、英雄表現，追求比別人好一點、再好一點；比自己好一點、再好一點，卻不可能追求完美。三成打擊率就是好手、四成就是英雄，換個角度看，十次失敗七次就該得到熱烈掌聲，十次失敗六次則能換來歷史上的黃金留名。

這是生活，這是生活追求的態度。當數量累積到一定程度，我們就從戲劇性的儀式，回歸到生活，才能觸及與一般人生命生活實質交接的某種英雄意義。

不能想像美國職棒一年祇打二十場、三十場，連一年六十場都無法想像，數量改變，美國職棒就不會再叫美國職棒了。

觀念06

風格

在一個看似大者恆大的世界裡，如果現實上你就是個「小者」，該怎麼辦？

我講的不是國際局勢，不是高科技產業，而是美國的職業棒球。

讓我們先看看美國職棒「大者恆大」背後的道理：

原理一，美國職棒聯盟堅持近乎絕對的自由競爭立場，不對各隊設限，沒有薪資上限，也沒有複雜的選秀次序安排。換句話說，各隊愛怎麼花錢、花多少錢去找怎樣的球員，悉聽尊便。

原理二，每支球隊都有主場，主場所在城市愈大，潛在的球迷就愈多，不祇是球隊可以擁有比較多席位、比較豪華的球場，電視台願意出的轉播金也必定水漲船高。換句話說，人口愈多愈富裕的城市，其主場球隊會有愈高的收入。

原理三，人都是自私自利，不會嫌錢多的，職業球員當然也不會例外，所以表現愈好的球員，當然會爭取愈高的薪資。換句話說，荷包愈深的球隊當然愈有條件聚攏一群最好、最能贏球的球員。

原理四，人都是現實的，球迷當然不會例外。愈能贏球的球隊愈能吸引球迷支持，不管是買票進場看球，或在家中開電視看轉播貢獻收視率的動機，都會隨球隊贏球增加，隨球隊輸球而減少。換句話說，贏球的，愈來愈有錢，愈有錢就能爭取到更好的球員，保證贏更多的球賽。

這套道理，一環扣一環，沒什麼漏洞吧。問題在，如果你的球隊，主場就是個小城市，那怎麼辦？如果你的球隊能付得起的薪水，就是祇有人家洋基隊的三分之一，那怎麼辦？就祇能認命收一些次級球員，在聯盟後段班載浮載沉，等待「輸球—觀眾減少—收入減少—好球員被挖角—輸更多場球賽」的惡性循環，終於把你逐出市場嗎？

道理看起來似乎祇能如此，不是嗎？然而現實上卻不見得是這樣。奧克蘭運動家隊，每年能付的薪水真的祇有洋基隊的三分之一。然而最近幾年，他們年年都在強隊前段班之列，甚至還一度締造過連勝二十場的隊史紀錄。

運動家隊的經營者，不怕人家知道他們逆勢崛起的祕訣。這祕訣說穿了，簡單到讓人難以相信，他們縮小目標，在選擇球員時，不看他們有什麼樣的神奇美技，不看他們曾經幾回在關鍵時刻扮演球隊救世主，甚至不看他們生涯紀錄上什麼最輝煌、最特殊的項目，祇看：打擊者的上壘率，尤其是獲得四壞球保送的次數；以及投手不讓人家打出全壘打的本事。

真的就這麼簡單。要當運動家隊的球員，在打擊上，你至少每十個打席要有一次保送，達不到這種比率，你就算有再亮眼的其他成就，也不可能被教練青睞，送上大聯盟去。要當運動家隊的球員，幹投手的，平均每場比賽不能送出超過半支全壘打，要不然管你球速再快、變化球再精準，嘿嘿，人家不要你就是不要你。

曹錦輝在洛磯隊還可以不斷上到大聯盟亮亮相，如果換作在運動家隊，他每場要丟掉兩三支全壘打的習慣，恐怕會讓他永遠沉在小聯盟裡翻不了身吧！

運動家隊的邏輯思考，幾句話就可以說明清楚。棒球比賽裡，防守上最大的傷害，就是被對手打出全壘打。全壘打不祇是一口氣灌進四個壘打，而且打者帶壘上跑者全數化為比分，更麻煩的是，全壘打讓防守者毫無用武之地。所以守住全壘打，不讓全壘打出現，就大大降低了輸球的可能。

同樣道理，進攻上最便宜、最有把握的武器，莫過於對方奉送的四壞球了。選球精準、耐心十足的打擊者，從投手手上討到四壞球，一樣讓對方防守者全無施展機會，祇能眼睜睜地斷送一個壘，而且還能在心理上擾亂投手，甚至製造投手及其他野手間的內鬨心結。賺到保送，絕對有效提高贏球機會。

祇看上壘率和全壘打失分率，這樣的球員不難找，而且這樣的球員別的球隊不見得識貨，也就能用相對低廉的薪水爭取到。一旦整個球隊都由這種特色的球員組成時，又會產生一種特殊的球隊文化——那就是耐心、謹慎、不冒進、不貪功。

運動家隊磨功一流，打擊者不隨便出棒，投手也不隨便逞强跟强打對決，一定是仔細處理每個球，將失投減到最少的投手，才能不被打出全壘打。也一定是眼光利，每一球都跟球、黏球的打者，才能常常賺到四壞球保送。

這些球員散落到別的球隊，或許發揮不了什麼作用。隊友、教練可能嫌他們龜毛，球迷嫌他們拖慢球賽節奏，會有各種力量逼著投手激發英雄氣概投快速球跟打者對幹，逼著打者改揮大棒尋求長打。可是在運動家隊，他們的龜毛個性得到肯定，甚至得到獎勵，一支個性整齊的龜毛球隊，化成巨大的戰力，拖垮打垮了許多陣中充滿英雄、明星的球隊。

這些球員幫運動家隊打出了好成績，可是他們不太可能拿蹺，用跳槽來爭取加薪。

因為贏球的關鍵是整支球隊的風格、個性，不是單一球員。陣中球員如果單飛去了別的沒有耐心、龜毛文化的球隊裡，他們也無從發揮起。

就這樣，奧克蘭運動家隊在看似被「大者恆大」鐵律籠罩的職棒市場上，創造了奇蹟。奇蹟不是真正的奇蹟，而是運動家隊總經理總比利・比恩（Billy Beane）獨具慧眼，看出了風格、個性，對一個團隊可以有多大的貢獻。在別人都是各自為政、英雄主義的職棒世界裡，耐心、龜毛的統一風格，就能打出一條成功大道來。

這是真正的創意，管理上的創意。而美國職棒場上驗證過的創意，何嘗不能適用於高科技產業，或國際局勢上呢？

高科技產業上的決戰點，不見得一定在誰網羅了最多與最優秀的研究、行銷人才。許多公司的崛起，靠的是明白單純的風格、個性，企業環繞著一種風格，建構其管理鎖鏈、孕育其組織節奏，這種公司顯然比較容易找到市場上的利基，集中焦點把事情做好，也相對比較禁得起景氣的波動變化。

做為一個注定的「小國」，台灣是不是也該思考，我們要在「大者恆大」的國際舞台上如何自保、如何發展？找到自己的風格、個性，經濟貿易上的風格、社會文化上的個性，很可能才是讓我們不至於懵懵懂懂終遭大國權力利益吞噬的重要法門吧！

觀念07

企業文化

二〇〇〇年，美國線上（AOL）和「時代華納」集團宣布合併。這是一樁空前的大併購案，也是迄今世界商業史上金額最龐大的併購案。

「時代華納」集團是美國文化內容生產的龍頭老大。從平面報紙、雜誌、書籍出版，到廣播、有線電視頻道，應有盡有。AOL則是當時網路的新興霸主，短短幾年內擴張到擁有上千萬撥接訂戶。AOL需要更多內容提供給訂戶；「時代華納」則需要掌握最新最熱門的網路通路，以免在新行銷領域中落伍。看來看去，這兩家公司合併再合理不過，它們一加一等於二就夠恐怖了，還有機會可以發揮一加一遠大於二的效果。

可是，市場卻不樂觀，幾乎所有觀察家、分析家者抱持謹慎懷疑的態度，讓他們如此保留最重要的原因——企業文化的巨大差異。AOL是一家新興高科技公司，「時代華納」是傳統產業。AOL業務跑得比人員還快，公司每個人都習慣從早忙到晚操個半死；「時代華納」許多部門業務在萎縮中，總有不少人閒閒沒代誌做。AOL年輕得很，公司年輕、員工也年輕，還來不及形成上下官僚體系，一切扁平，沒禮貌更不講究服裝外表；「時代華納」有複雜的制度劃分，組織表一大張，人與人之間的關係不可能脫開組織表的種種規範。

這樣兩家公司，真的有辦法合併在一起，成為一體嗎？這樣兩家公司，連當夥伴可能都困難重重，要用什麼方法大家坐在一張桌上開決策會議？要如何各部門互相協調合作推動整合業務？

這些問題，很多人早就看到了。還有些問題，在兩大公司合併後，更嚴重地阻礙了彼此相容的磨合過程。一個問題是AOL員工的優越感，AOL決策者掛在口頭的合併「使命」是：「讓我們將網路DNA注入這家老公司體內！」那兩年，網路是王、網路是未來、網路是希望，於是AOL員工很自然地將自己看做是來幫助、來解救「時代華納」的英雄。他們想像：如果沒有AOL、如果沒有網路，「時代華納」會很快被時代淘汰，變成像恐龍那樣禁不起演化考驗而絕種的動物。AOL是網路專家，這個公司的未來前途在網路，於是AOL就成了領導者，原來的「時代華納」是被領導者，不平等的關係形成了。

領導者要大力領導，被領導者卻沒打算要乖乖追隨。衝突無可避免產生了。衝突一定導引向一個核心問題：究竟誰憑什麼取得權威發號施令做決定？當然不能靠誰說話大聲來決定。雙方的專業經驗差那麼多，你罵他白痴、他罵你笨蛋，也不會有專業上的共識標準出來。那就祇能取決於資本主義最簡單卻也最殘酷的法則了——誰業績好、誰錢賺得多，誰就是成功者、勝利者。

從一九九六年到二〇〇〇年，AOL的股價在市場上漲三十倍。這種成績，「時代華納」旗下的公司，就連HBO或《時人》雜誌，都無從比起。還有，股價飆漲，也讓AOL管理階層個個都成了大富翁，他們的名目資產，也和「時代華納」經理人們，有不小的差距。AOL占盡優勢，舊「時代華納」一路吃癟。如果情勢一直這樣，那麼新公司花個三、五年，大概會辛苦地轉型成一家具備AOL個性的企業，比較傳統的部門在過程中難免死傷狼籍，不過最終還有機會浮現出具備完整性的一家公司。

然而情勢不是一直這樣。沒多久，那斯達克大崩盤，網路泡沫就算不是一夕破滅，至少也是快速消風。AOL的業績與員工財富，隨而節節縮水。權力關係大逆轉，原本被欺負得很慘的「時代華納」部門，起而反擊，逐步奪走AOL的決策權。

欺負人的回過頭來被欺負了。這該是個大快人心的正義故事吧？不見得，因為企業經營管理上，最大的正義，不是冤屈得以伸雪，而是公司得以開拓成長。就在管理階層權力消長的時刻，美國網路市場發生了關鍵變化。寬頻出現，快速取代了原有的撥接上網業務。當大家都拚命快步搶寬頻市場時，AOL的決策卻落在一群不怎麼懂網路，一心祇在意要復仇修理敵人的「時代華納」管理者手中。不幸地，他們眼中的敵人，其實是合併後同一家企業集團中的同僚。

結果是，寬頻革命完成，AOL也就差不多「完成歷史階段性任務」了。「時代華納」這邊的人更有理由說：「你們就是紙老虎，一戳就破！」史上最大的合併案，最後成了史上最大的「企業文化衝突」教訓。「綜效」沒那麼容易取得，「互補」更沒那麼便宜達成。紙上作業想像「異業結合」來發揮「互補綜效」，很容易、很有道理，然而別忘了，異業之「異」，不會祇有表面業務對象的差異，必定還會藏著這一行做事情的習慣，因應這套習慣產生的「文化」。

「文化」看來抽象，但當它變成阻礙時，卻再巨大再具體不過。認真看，管理史上被自己內部文化差異搞倒的公司，不知凡幾。國營事業民營化，釋股是最簡單的，真正難的、也是真正關鍵的，是如何將國營的公務員文化，轉型成為企業式競爭、效率的文化。還不祇如此，不同的事業，其文化轉換會有不同的重點。

企業文化議題，應該得到更多的注意、更多的考慮。國營事業民營化的過程中，需要有真正的專業人才，事先做「企業文化衝擊」評估，並擬定緩和進而解決衝擊的步驟。

公務人員保守求保障的文化，和企業將本求利要利潤又要形象的文化，差距多大！彼此之間甚至很難找到共通的語言，遑論共通的價值。與其像AOL和「時代華納」那樣兩敗俱傷，不如事前先挑出問題癥結，對症下藥一一解決，或至少，準備著藥帖隨時可以煎來貼服。民營形式中，藏著國營的靈魂，這種企業注定失敗。民營形式中，包裹著彼此激烈鬥爭的兩種或兩種以上企業文化，這種企業，同樣不會有成功機會的！

觀念08

企業責任

一家營收以百億元為單位計算的大企業，為什麼要去對付年薪可能不到百萬的小記者？

道理很簡單，大企業不能忍受小記者寫的新聞，可能影響到股票價格。

再問，為什麼小記者寫的新聞，就會影響到大企業的股價？道理還是很簡單，股票市場許多投資人，不是用理性態度認真研究每家企業真正的體質、經營治理績效、乃至市場定位等等，來評判該企業應有的價值的。他們追逐著其他人的預期心理操作，看著新聞消息假想別人會如何反應。正面訊息？別人會買，股價上揚，那我也要買。負面訊息？別人會賣，股價下跌，那我也要賣。

新聞真正造成影響，通常是股市集體預期，而不是企業真正的經營前景，除非真是非常非常嚴重的大新聞，跳票、掏空或搜索調查，那麼像鴻海這種企業的客戶，才會考慮改變跟鴻海的來往關係。可是這種「大新聞」，那一定不會是任何一個小記者能夠去跑來的「獨家」，這種大新聞也必然廣布周知，所有媒體都會爭相報導。

所以仔細追索，我們應該可以找到大企業對付小記者，這樁案子真正的玄機。小記者寫的新聞，不管是不是事實，真的不會影響到大企業的主體。過去類似這種新聞，大企業頂多發發更正聲明，不可能多去理會的。

那為什麼現在不祇要理，而且還要如此大張旗鼓地殺雞儆猴呢？關鍵在，現在的企業，尤其是高科技企業，對自己股價上上下下波動，越來越在乎。

這是個新的現象、新的心態。以前的企業最要緊的是做好產品、拉住客戶、提升服務。後來有了「管理」這門學問後，許多經營者心中多了一項顧慮——如何搞好內部管理、建立標準流程，追求企業成長。

八〇年代之前，美國企業界講起「成長」，每個人想的都還是營收和獲利，那是僅有的實質衡量「成本」的標準。然而這種概念隨著越來越多企業公開發行股票，成為「上市公司」，而有了微妙的改變。

「上市公司」募集眾多不知名股東的錢，讓具有企業能力的人不至於受限於資金，可以一展長才。可是公司一旦上市，其所有權與經營權明顯分離，就產生了到底應該優先照顧誰的利益的問題。

依照過去追求「成長」的概念，公司盈餘必將保留一大部分，來擴充業務、吸收人才、改善內部設備。這樣的決策，對經營者有意義，卻等於剝奪了股票持有人原本應得的投資利益。

於是九〇年代興起了美國企業思想的大革命。企業的使用，由原本對客戶以及對員工的責任優先，轉而變成對投資人的責任優先。換句話說，企業家行不行，不是看他能創造多少公司業績，而看他能夠創造多高的股價。

股價與公司業績當然相關，然而卻不完全是同一回事。業績好的公司，股價會上漲，可是除了衝業績以外，還有很多其他方式可以刺激股價。

例如說併購別人的公司，擴張版圖規模。例如說發布大幅裁員的訊息，造成短期成本下跌。例如說畫出美好的未來願景，讓市場相信這家公司的前途不能以目前帳面數字來決定。例如挪移財務項目，讓成本向未來遞延、讓收入提前到現在實現，創造出亮眼的成績單。

九〇年代，幾乎每家美國大企業的經營者，都費盡心力將這些炒高股價的手法玩得淋漓盡致。一方面，他們覺得這樣才真正盡到經營者的責任，另一方面，他們靠這些把戲來累積自己驚人的財富。

為了確保經營者老是會和投資人站在同一邊，為了確保經營者優先照顧投資人的利益，九〇年代美國企業最流行的概念，後來流傳到全世界，就是「股票選擇權」。這些大企業的經營者，就任時都獲得一紙「股票選擇權」合約，承諾他可以在一定時間後，用就任時的市場原價買若干股的公司股票。邏輯很簡單，如果兩年內，你可以讓公司股票每股增值一元，兩年後你用原價買下一百萬股，立刻在市場脫手，立刻現賺一百萬。

在「股票選擇權」的激勵下，大企業經營者更是使出渾身解數，非讓公司股價維持高點不可。對他們而言，股價跌一角，可能就意謂身家財產少了幾十萬，能不拚命嗎？

拚命「做股價」的結果是什麼？讓我們看兩個數字。從一九九六年第四季到二〇〇〇年第四季，標準普爾五百大公司，平均每股盈餘從三八．七三美元衝高到五四．七八美元，而且每季成長，沒有衰退，可是同期美國商業部的統計卻顯示：全美企業總獲利，在一九九七年上升到最高峰，將近八千億美元，然後就一路下跌，跌到七千兩百億美元左右。

為什麼會有這樣不同的趨勢？難道標準普爾五百大真的都經營良善，所以總是可以逆勢成長嗎？事實證明：不是，而是五百大企業大部分經營者都領「股票選擇權」，因此有強烈動機找最精明的會計師事務所，做各種手腳讓財報灌水。

明明沒有賺到的錢，卻為了維持公司股價，硬讓它在帳面上浮現，這不祇是做手腳造假說謊而已，還敗壞了美國好不容易建立起的會計認證體系。那些大會計師事務所，幹嘛如飛蛾撲火般去當大企業財報灌水的幫兇？因為不斷上漲的服務費用。為什麼企業願意付天價給會計師事務所？因為負責經營的人當然願意花公司的錢來保障股價、保障自己的財產。

九〇年代在美國創造了多少富可敵國的大企業經營者。表面上他們都說自己是在向投資大眾負責，可是他們「負責」的方法，卻是拋下經營本業不顧，尋找隙縫炒作股價，違背了最根本的誠信原則，破壞掉真正能保障投資人的透明化會計認證制度，最後再趁高紛紛實現「股票選擇權」帶來的價差金錢，把自己搞成億萬富翁，這算哪門子的「負責」？

發生在美國這種「企業責任」移轉的障眼法，一樣也在台灣企業界產生了巨大影響。這一年來爆發的種種上市公司弊案，哪一樁不是直接跟拉抬股價有關的？那些當年公司股票大漲時，被捧為英雄、明星的人，不都是因為將價值投注在股價上，因而迷失自我、甚至身繫囹圄嗎？他們身敗名裂的原因，其實和大企業對付小記者，一脈相承的。

該是到了我們重新思考、釐清「企業責任」，讓企業家重新排比自己責任清單的時候了吧！

觀念09 庸俗

一九一八年十月，被第一次世界大戰折磨得苦不堪言的德國人民，在基爾（Kiel）發動了革命。短短六天之間，革命行動快速蔓延到布萊梅、萊比錫、慕尼黑以及柏林。聽到消息的德皇，沒等到革命行動逼近，就慌忙宣布退位逃走了。

革命群眾攻進了皇宮，一陣打砸搶之後又撤離了。該年十二月，凱斯勒（Harry Kessler）進入狼籍一片的皇宮，還到了皇后的寢室。凱斯勒看到讓他觸目驚心的景象，不是被暴民敲得粉碎的門窗和家具，而是皇后寢室裡原本就有的種種收藏、裝飾。

牆上掛著的，是宣揚愛國主題的畫作，旁邊有俗麗金亮的武士甲衣、勳章以及雜七雜八的紀念品。凱斯勒固然驚訝革命群眾的粗暴，不過他更感慨皇室的庸俗。

在日記裡，凱斯勒寫著：「在這種氛圍裡誕生了世界大戰，或者是德皇對世界大戰應當背負的罪咎，對這些破壞，我沒有一點可惜的感覺，祇有厭惡，因為我想到這樣的世界並沒有被摧毀，相反地，這個惡俗的世界繼續以不同形式存在，無所不在。」

凱斯勒是個典型十九世紀式的歐洲人。他身上流著複雜、多國籍的血液，在巴黎出生，十二歲時從法國轉學到英國的菁英貴族中學（他祇差一學期就跟邱吉爾同班），然後又去德國漢堡受了最好的高中教育。他的父親死後，留下豐裕的遺產，讓凱斯勒不僅衣食無虞，而且還能慷慨地贊助各式各樣藝術家創作。

二十世紀初期歐洲重要的詩人、作家、畫家、劇作家、音樂家，幾乎沒有人不認識凱斯勒。他的朋友裡，還有一位科學家，那就是愛因斯坦。凱斯勒自己說他不懂物理，無法用理智理解「相對論」，祇能感性地領悟「相對論」大概是怎麼一回事。然而有一回，愛因斯坦到他家中深談，當天的日記中，凱斯勒記錄了愛因斯坦對「相對論」的說明，幾乎毫無錯誤，而且明白透澈。愛因斯坦還對凱斯勒表達了不能同意世人拿他的成就與哥白尼相提並論，因為「哥白尼把地球從宇宙中心的王座上趕下來，改變了人對自身的看法。我祇是發現了本來就在那裡的東西，不曾改變人對自身的任何瞭解。」

凱斯勒是德國文化的崇拜者，自認為是個德國人，第一次世界大戰爆發，儘管已經四十六歲了，他還自動請纓上戰場，在前線砲火中實際度過了兩年光陰。然而之後他經歷了一次精神崩潰，接著大逆轉成為一位反戰的和平主義者。

凱斯勒轉變的關鍵，應該就在於他實在捨不得文明的成就，以及創造這些成就的優秀人才，就這樣葬送在戰爭裡吧。一個懂得欣賞藝術，能夠分辨藝術品好壞的人，怎麼能不珍惜創造藝術的人呢？可是戰爭的邏輯卻不是這樣的。尤其是第一次世界大戰打到後來，參戰各國都瘋狂動員去守壕溝戰線，管你有什麼才氣，管你會寫足以改變文學史的小說，還是能畫開創美學新紀元的繪畫作品，在戰爭的眼裡，你祇是一個填補壕溝空缺，最終難免命喪戰場的動員人力而已。

從自己這種轉折經驗出發，凱斯勒才對德皇的庸俗，賦予了那麼重的意義。當他說：「在這種氛圍裡誕生了……德皇對世界大戰應當背負的罪咎」時，他想的應該是：一個不懂得欣賞人類文明精華，無從明瞭文明成就之難得與可貴的領導人，才會願意發動戰爭，而且為了追求戰爭的勝利，願意投注所有資源，付出任何代價。在他們眼中，沒有比戰爭更有意義的事，沒有比國家更高的價值。

將國家看得那麼重要，把文化藝術看得那麼輕，這種態度正源於庸俗。庸俗的人眼中看去的世界是平板的，沒有好沒有壞，也就沒有什麼是不可被犧牲被毀壞的。如果德皇及其家人能夠欣賞的，就祇是那些庸俗廉價的東西，那麼最糟的廢墟裡，還是能隨便找人製造得出來啊！

順著凱斯勒的邏輯，我們可以繼續想下去：如果德皇和凱斯勒一樣，明瞭梵谷、雷諾瓦、塞尚、易卜生、左拉、羅丹、蕭伯納、普魯斯特的價值，明瞭這些人創造出來的東西的獨特性、唯一性，他還會捨得讓戰爭摧毀這些人的生活或摧毀他們留給這個世界的遺產嗎？

在德皇及其家人的眼中，顯然分辨不出梵谷的畫，與那些宣傳國家榮光、大量製造的畫，有什麼價值上的差別。這就是庸俗，這就是庸俗最大的罪惡。

了不起的德國記者、史家哈夫納（Sebastian Haffner）在納粹權力到達最高峰的時代，曾經比較過兩位具有群衆魅力的德國政治人物，拉特努（Walther Rathenau）和希特勒：

「拉特努與希特勒位於現象的極端，讓群衆的幻想發揮到極致：前者所憑藉的是令人仰之彌高的文化素養，後者所憑藉的則是讓人無法望其項背的卑鄙下流。……前者來自於深邃的精神領域，集三千年的文化及歐亞兩大洲於一身。後者則來自一個連最低級的廉價小說也描繪不出來的淵藪，那是一個由小市民的暗室所屯聚的霉味、流浪漢收容所、軍營的糞坑和行刑室所組合而成的陰曹地府，惡魔即自此向上竄升。」

不幸的是，拉特努遭到暗殺，希特勒卻升起成了獨裁者。希特勒所依恃攫取群眾想像的，其實也是庸俗，以及庸俗者對他們不能領略的文化成就的嫉妒與仇恨。因為庸俗，所以看不見什麼值得珍惜的；又因為嫉妒與仇恨，所以破壞起來格外起勁。

庸俗如此可怕。哈夫納又說：「群眾的心理反應其實與小孩子並無太大差異。……若想讓一個理念對群眾產生具有歷史意義的推動力，通常就必須先將其層次降低到連小孩子都可以理解的地步。」「從歷史的角度觀之，兒童對政治的反應絕對是值得注意的——『連每個小孩都曉得的事情』，這通常就是一個政治事件的『第五元素』，也就是其真正的精髓所在。」

兒童的特色，其實不在他們知道什麼，而在他們不知道什麼。他們不知道的很多。他們不知道梵谷的畫，與俗麗的房屋廣告，有什麼差別。他們不知道莎士比亞的作品，與粗製濫造的羅曼史小說，有什麼差別。在這點上，兒童與庸俗者是一致的，野心家將自己化身為幼稚的兒童與庸俗者的代言人，以此取得權力，不是建設的權力，因為人們也不明白要建設什麼，而是破壞的權力，因為他們本來就無法珍惜。

不祇是第一次大戰，就連德國納粹以及他們發動的第二次大戰，其罪咎源頭，至少有一部分來自庸俗。一個日益被庸俗包圍的社會，也許可以多看看這段歷史，有點警惕吧！

觀念10 語言

古希臘劇作家尤里皮底斯（Euripides）寫過一齣駭人聽聞的悲劇《米底亞》（*Medea*），據統計，這齣戲是過去二十年來，古典希臘悲劇最常被改編在美國上演的一齣。

尤里皮底斯劇中的米底亞住在科林斯，和她的丈夫傑森在一起生了兩個小孩。然而有一天，傑森移情別戀，帶著小孩離開了米底亞，改娶柯林斯國王的年輕女兒為妻。憤怒絕望的米底亞展開了她的報復行動。她先殺了丈夫傑森的新歡，繼而更打破「虎毒不食子」的人性禁忌，殺死了自己親生的兩個小孩，要讓傑森嚐到家破人亡、孤苦無依的最深痛苦。

美國劇界喜歡這齣戲，一點都不意外。尤里皮底斯在許多齣戲中，都描寫過個性強悍、近乎瘋狂的女性。與他約略同時代的雅典喜劇作家亞里斯多芬尼斯（Aristophanes）甚至還特別寫了一齣好笑的戲，嘲弄尤里皮底斯。那齣戲一開始就是尤里皮底斯聽說雅典的女性同胞們，要利用一場節慶集會，祕密討論該如何對付尤里皮底斯。緊張的尤里皮底斯祇好央求一位朋友，假扮成老婦人去參加節慶集會，聽聽女人們密謀什麼，並且伺機幫尤里皮底斯講幾句好話。不料，假扮的老婦人被識破，事情愈搞愈糟，尤里皮底斯祇好硬著頭皮現身，在眾姊妹姨姑面前，鄭重承諾絕對不會再在戲中詆毀女人，才化解了女人造反的巨大危機。

從亞里斯多芬尼斯的諷刺喜劇中，我們讀得出，古代雅典女人一點都不願認同尤里皮底斯筆下的那些強悍、瘋狂角色。可是兩千多年之後，多少波女性主義洗禮之後，強悍、乃至近乎瘋狂的女性角色，不再被視為詆毀、醜化，反而成了在父權社會壓迫下揭竿而起的悲劇女英雄典範。

尤其是二十世紀，人類家庭經歷了革命性衝擊，離婚率暴升，許多人都有失婚的苦痛記憶。婚變，最大宗的來源，不正是男人的負心外遇嗎？男人變心、女人痛心，成了普遍的人生故事。失婚痛苦中的女人，多少人動過報復的念頭，甚至有多少人真正動手進行報復！

尤里皮底斯的米底亞，在這種社會背景下，搖身一變成了所有受傷女性的具體代表，更是憤怒報仇女性的原型。很多人改編這部劇作、進行現代詮釋時，習慣將失婚之前的米底亞，刻畫成一個對家庭全心奉獻、溫柔天真的賢妻良母，是丈夫傑森的背叛行為扭曲了她、改造了她，使她變成一隻甚至吞食親子的怪獸。這樣的形象，呼應了許多現代女性的真實、具體經驗。不過卻顯然偏離了尤里皮底斯原作的精神。用這種「賢妻良母被逼瘋」的現代詮釋，尤里皮底斯劇作裡有兩場戲就變得多餘、乃至不可解了。

其中一場是米底亞的丈夫傑森，在米底亞面前滔滔雄辯地解釋：移情別戀娶國王女兒，是椿為大家好、對大家都好的事。不祇傑森和兩個小孩可以得到更好的生活，就連米底亞，孤單孑然一身沒丈夫沒小孩的米底亞，也能因而得到更好的生活。

在傑森雄辯的過程中，米底亞幾乎沒有什麼反應，沒有爭吵、沒有眼淚、也沒有激烈地反對。米底亞在想什麼？米底亞溫馴、愚蠢到沒有能力和傑森辯論嗎？還是米底亞真的被傑森的論理給迷惑了呢？不可能。因為還有一場戲，輪到米底亞自己成為一位聰明得近乎狡獪的雄辯者，一步步引導著雅典王承諾：如果有一天米底亞去了雅典，雅典國王一定會收容她庇護她不受傷害。

米底亞怎麼可能是溫柔、軟弱的女人呢？別忘了，在希臘神話的系譜裡，她可是太陽神的孫女啊！依照尤里皮底斯的創作原意，《米底亞》到底要說什麼？如果不是現代人想像的失婚婦女飽受背叛煎熬以致發瘋的故事，那是什麼？尤里皮底斯是很在意「背叛」，以及探討「背叛」應得的報應、懲罰，不過劇中真正要凸顯的，不是傑森對婚姻或愛情的背叛，而是他對語言、對誓約的背叛。

戲一開始，米底亞就喃喃自語說：「我會殺人。」她不打算殺傑森，而是以殺人來報復傑森的背叛，畢竟傑森曾經許諾誓約要和她共度一生。傑森最大的罪行，就在他不尊重自己講過的話，他拿語言當玩物、當達成其他目的的方便手段。傑森花言巧語想說服米底亞孤獨一個人的生活也很好時，他犯下了尤里皮底斯認定的惡中之惡，也在那一瞬間，米底亞決定了懲罰、報復傑森的方式。米底亞殺掉年輕新太太、殺掉自己生的小孩，就是要讓傑森真實地體會，孤伶伶一個人是怎麼回事，會是像他自己說的那樣，一種美好的生活嗎？

米底亞不是瘋女人，她再清楚再冷靜不過。她重視誓約、信任誓約，所以才仔細計畫讓雅典王承諾收容她庇護她。她安排好自己復仇後的處所，她要在雅典王的許諾中逃過傑森或其他人的反報復。尤里皮底斯原劇，充分反映古典希臘人的夢想與焦慮。他們夢想人應該忠於自己的語言，說什麼就是什麼了，他們焦慮語言失去了其信度與效度，那麼世界就陷入無可救藥的混亂裡。那個年代，雅典出現了詭辯家 sophists，他們最大的罪行，不正就是淆亂了語言嗎？傑森是詭辯家背叛語言的罪行代表，他竟然相信可以藉著三寸不爛之舌，將別人的痛苦說成幸福，還要人家承認：其實痛苦就是幸福。

米底亞的報復，也因而不祇是失婚女人的報復，她是在幫所有被詭辯語言背叛傷害的人報復。報復的方式，最直接最有效，當然也是最不幸福最殘酷的，就是讓背叛語言實質意義的詭辯者，活在他自己語言塑造出來的虛假空間裡，讓他承受他的虛假語言試圖否定的真實痛苦。

我們對於各式各樣的背叛，保持著高度敏感。愛情上的「劈腿」、婚姻裡的「外遇」、國家認同裡的忠奸，我們在意得很。然而這個社會卻完全失去了對語言背叛者的批判能力與勇氣。任由各種詭辯者誤用濫用語言，背叛語言的本意，這些背叛者非但沒有得到任何懲罰，還可以靠背叛語言獲取種種名聲與利益。

米底亞、米底亞，我們佩服妳的勇氣，我們悲歎妳的堅持。米底亞、米底亞，我們需要像妳那樣的古典希臘精神，幫我們解決如台灣高鐵「政府零出資」這一類最空洞、最欺瞞、最不可原諒的語言！

觀念11 誠信

有一年的聖誕夜，亞瑟王在鬧彆扭。儘管他的圓桌武士們都已就位，亞瑟王卻不肯用餐。「怎麼會沒有任何奇觀奇蹟呢？」亞瑟王不滿地問。難道今年上帝不願再眷顧對祂最忠實、最英勇的僕人了嗎？沒有奇觀奇蹟出現的聖誕節，算什麼聖誕節呢？

就在這個時候，從門口進來了巨大的影子，大家定睛一看，是個巨人武士，他身上的每一個部位、他的衣服盔甲、甚至連他的馬，都是綠色的。

綠色巨人武士，真是個奇觀。綠巨人走進亞瑟王和圓桌武士中間，提出了他的挑戰：哪一位圓桌武士，敢用他帶的巨斧砍他一斧呢？誰今天砍了他一斧，過一年的新年元旦，就得還債挨他一斧。

圓桌武士當中有一名叫蓋文（Gawain）的，挺身而出。舉起巨斧，一斧劈下，綠巨人的頭應聲落地，綠巨人把自己的頭撿起來，高高抬著，提醒蓋文：「那我們一年之後有約了。」然後就大搖大擺捧著頭走出去，消失在原野上。

一年以後，蓋文出發踐約。他不知道綠巨人在哪裡，巨人衹說他住在綠教堂裡，蓋文從來沒聽過沒看過綠教堂，衹好去偏僻的地方東問西問。沒有人知道綠教堂和綠巨人。

天氣越來越差，聖誕夜又降臨了。在不毛荒野上浪蕩的蓋文，向聖母瑪利亞祈求，保佑讓他能找到一個適當的地方望彌撒，立刻在他眼前出現了一座城堡，他走進去，城堡主人熱切地接待他，並介紹他認識美麗的女主人。

蓋文在城堡裡享受了空前款待。城堡主人第二天去打獵，出發前他跟蓋文約定：「看看我們的運氣吧，這一天當中，我得到什麼，統統送你；那你得到了什麼，也要統統送我。」蓋文答應了。

城堡主人早早就出發了，蓋文還沒起床，美麗的女主人突然出現在蓋文旁邊，給他一個甜蜜的吻，請求他示範給她看，一個男人應該如何、可以如何愛一個女人。蓋文堅決地拒絕了。

到了晚上，城堡主人回來，帶回來許多獵物，都獻給蓋文當禮物。蓋文則給城堡主人熱情的吻，因為那正是他所得到的——從美麗女主人那裡得到的，轉送給城堡主人。

第二天，城堡主人又去打獵，女主人又來到蓋文的床邊，又給他甜蜜的吻，而且拿出一只戒指，當做愛的證物要送蓋文。蓋文拒絕戒指，到了晚上又將他得到的吻，轉送給城堡主人。

第三天還是一樣。祇是美麗女主人這回要送的禮物，是一條神奇的絲質腰帶，戴著這條腰帶的人，就不會有生命危險。想到自己幾天後就要依約去挨綠巨人的巨斧，蓋文收下了絲質腰帶。到了晚上，他還是把熱吻轉送給城堡主人，卻完全沒提腰帶的事。

好客的城堡主人留蓋文過年，他說反正綠巨人的綠教堂就在附近，騎馬祇需一個早上的時間。終於到了新年元旦，蓋文離開城堡，進入一座深鬱的山谷，赫然發現，綠教堂並不是人造的建築物，就是一片綠色的小山丘。

經歷途中驚險，蓋文終於和手持巨斧的綠巨人見面了。蓋文靜靜等待那還債的一斧。綠巨人舉起斧頭，一會兒，又放下了。綠巨人再舉起斧頭，一會兒，又放下來。綠巨人第三次舉起斧頭，然後，咻地一聲，巨斧劈下，巨刃從蓋文的脖子上擦過，削掉他一層皮。

綠巨人告訴蓋文：其實他就是那個城堡主人。連續三天的打獵，就是為了要試驗蓋文真的是個重然諾的人嗎？斧頭舉起兩次沒有劈下來，因為有兩天蓋文做到了約定的，可是第三天，為了活命，蓋文卻打破了承諾，所以應該受到第三斧的懲罰。

蓋文離開那神祕的綠色小山丘，回到亞瑟王的宮廷，身上繫著那條絲質腰帶。其他武士們，視那腰帶為蓋文英勇冒險的勳章，然而蓋文自己知道，之所以戴著腰帶，是為了提醒自己，那隱瞞事情不守信用帶來的深刻、痛苦屈辱。

這是《蓋文與綠武士》的故事，可能從十一世紀就在英、法、西各地流傳，到了十四世紀經一名優秀的無名詩人抄記下來，保留至今。《蓋文與綠武士》是豐富的「亞瑟王與圓桌武士」傳說中的一環，而「亞瑟王與圓桌武士」傳說，正是中古後期歐洲影響力最大最普遍的故事。

文藝復興公開與中古決裂，向古典看齊，可是文藝復興時期，畢竟不可能真正抹殺中古所創造的一切。尤其是「亞瑟王與圓桌武士」所代表的騎士精神，換了各種面貌，滲透文藝復興時代，甚至繼續傳衍到現代來。

騎士精神裡的愛情態度，一種「紳士／仕女」的對待規範，是古典社會裡沒有的，然而卻構成了幾百年來歐洲兩性相處的價值基礎。古典社會也沒有今天現代主義的「浪漫愛情」，那種可生可死、視愛情高於生命的「浪漫」，其實也是起源脫胎於中古騎士精神。

中古時期，不見得真的有傳說中的那種武士。然而傳說往往比現實更有力。吟遊詩人們編造的高貴故事，灌輸了人們高貴的信仰，比現實更具模塑人格的力量。

在這些高貴故事中，能夠和浪漫愛情等量齊觀的，恐怕就祇有騎士的「誠信」精神了吧。愛情可以重於生命，誠信更應該重於生命。如果要在愛情與誠信之間選擇，那麼，至少《蓋文與綠武士》的故事宣示的，還是應該選擇誠信吧！

從某個意義上看，現代歐美國家的主流價值，並沒有完全偏離《蓋文與綠武士》以及中古騎士，並不是說他們人人都正直誠信，而是根深柢固的價值信仰，使得沒有人敢否定否認正直誠信。正直誠信的原則或許經常被打破，然而正直誠信的原則卻不會、不可能被否定否認。這些人，從總統總理到罪犯，其實，都是蓋文的後裔。

看到我們立法院再次（已經多少次了？）上演這種詐術公然橫行的選舉，怎麼讓人如何不感慨於台灣的「誠信」價值根柢，多麼薄弱、多麼扭曲！「誠信」經常被拿來當流行語東講西講，但對於「誠信」的內涵，這些愛講「誠信」的人，理解多少、又信仰多少呢？

觀念12

表演

第一個特殊現象：美國前總統雷根是個極度守時的人。

他每天早上進辦公室，辦公桌上準備好一張當天的行程表，他會帶著那張行程表，一項一項按表操課，執行總統任務。幕僚們回憶：他幾乎從來沒對排好的行程表有意見，更不曾抱怨或更動過。他不會說：「我幹嘛見這傢伙？」不會說：「這無聊的儀式別拖那麼長吧？」也不會說：「這麼重要的事，一小時怎麼談得完？」

他的內閣閣員、和他打交道的國會議員則回憶：雷根總統有一項最了不起的本事，總能讓會面、會議按預定時間結束，不會晚，也不會早。不管大家討論得多熱烈，不管議題多麼迫切關鍵，時間到了，雷根總有辦法四兩撥千斤、快刀斬亂麻，一下子把事情解決掉，準時散會。如果碰到剛好沒什麼新聞沒什麼大事的日子，該講的早早都講完了，雷根總統就會發揮他健談的本事，開始說笑話，說他青年時代的種種奇觀見聞，東拉西扯，耗掉那多出來的時間，準時散會。

守時當然是件美德，不過像雷根這樣，活在快速變動、意外頻仍的現代，擔任那麼繁忙的職務，竟然還能守時，守時到那種程度，就成了奇怪的事。

還有第二個特殊現象：看他那麼守時，有人可能會以為雷根個性很龜毛，很注重小節。不，錯了，大錯特錯，很多時候很多場合，他又粗枝大葉到令人難以置信。

例如說一九八五年時，幕僚們密集檢討行政流程，希望改善白宮與內閣的聯繫反應，幾經思考辯論，決定向雷根建議，讓財長和白宮幕僚長兩人對調工作。這是何等要緊的人事變動！核心幕僚準備了許多理由，惴惴不安地去向雷根建議，沒想到雷根很隨和立即點頭答應了，幾乎沒多問一句話！

雷根對內閣人事之「隨和」，還有一次更誇張的表現。在一次會議中，他衝著內閣裡唯一的一位黑人閣員——住屋與都市發展部部長，客氣地喊：「市長。」他把部長誤認成華盛頓特區的市長了！

第三個特殊現象：雷根的記憶。

一九八三年，雷根和當時的以色列總理夏米爾會面，雷根回憶：第二次世界大戰中他曾經拍過關於猶太大屠殺的新聞影片，而且他還特別留了一捲影片，以備有人對猶太大屠殺事件有任何懷疑。他還說：最近一個年輕人以為德國納粹怎麼可能在那麼短時間內屠殺六百萬猶太人，覺得這整件事應該是猶太人的誇張宣傳，雷根就將保留的老影片搬出來給這位年輕人看，年輕人看得目瞪口呆，看完後對歷史有了全新的理解。

這樣一段回憶，讓夏米爾大為感動，也提供了新聞界絕佳的報導焦點。不過問題是：第二次大戰期間，雷根衹拍過教育宣傳片，從來沒有替他說的那家電影公司服務過，更從不曾拍過新聞影片。而且新聞界追查了半天，沒有人找到雷根講的那支新聞片，也沒有人找到那個因為看了新聞片，而對歷史產生了新理解的年輕人。

類似的例子多得不得了。雷根曾經「親眼看到」太平洋戰爭中，一名黑人士兵如何英勇地持機關槍衝鋒，保衛他的白人同志們，他用這段回憶來告訴選民：美國社會的種族隔離，早就結束了。然而，翻翻歷史記錄，美國軍隊明明是要到一九四八年簽署了「反隔離」行政命令後，才有黑白並肩作戰的連隊。有記者拿這項資料去問雷根，雷根沒有正面回答，他衹是再度强調：「我親眼看到那一景，非常感人的畫面。」

雷根總統最後死於阿茲海默症，最後幾年他連自己是誰都忘掉了。該不會其實他當總統的時候，阿茲海默症就已經潛伏作用，影響他的記憶能力，以至於讓他記錯了戰時經驗，也讓他認不出自己的內閣部長呢？

不太像，阿茲海默症會製造遺忘，卻不會製造假記憶，而且雷根在任那幾年看不出有什麼其他腦功能異狀，畢竟，如果阿茲海默症真的發作了，他怎麼會把行程、時間記得那麼清楚呢？

我們不能從雷根後來的遭遇上去找解釋，應該要回到他的過去去挖掘線索。雷根從政之前，是個演員，事實上，他從政後恐怕還是保留了許多當演員、表演的習慣吧！

總統工作對他來說，會不會就是另一場表演？或者是一連串表演？做一個演員，做一個稱職的演員，他應該要做到的是：依據腳本要求，在對的場地布景中，講對的台詞，製造對的效果。然後按照拍片計畫，一步步將每一場拍完，拍完，演員的工作、演員的責任就了了。

一個演員，不必管、也管不著整體腳本。腳本是人家寫好的，演員應該專注演好每一場戲，他可以視臨場需要，有一點腳本以外的發揮，例如多放點感情，少講幾個字，或者即興插一段腳本上沒有的故事。

這一切，都是為了銀幕效果。這一切，也都不牽涉什麼宏觀的意義，或全面的政策路線。

雷根其實一直用當演員的態度當總統，這樣看，我們就看清楚了。每天都是他的拍片日，從這場到那場，每場要求不同情緒、效果，雷根就表現出來。他不需要在意幕僚誰是誰，因為好萊塢明星也不會知道片場裡進進出出搭布景、打燈光、記場記的誰是誰。當他說「我」、「我記得」時，他講的不是現實世界裡的那個雷根，而是扮演中的總統應該有、可以有的經驗。這種即興發明的經驗，當然為了增加表演的效果。

雷根沒那麼難懂、沒那麼神祕。他徹頭徹尾沒真正進入別人想像的「總統」身分，他既不領導、也不決策，他祇是不斷地表演、表演。問題是：華府圈內人、觀察家們，沒人相信總統可以這樣幹的，於是大家拚命猜、拚命解釋，覺得雷根的所作所為應該有更深沉的道理才對。

不幸地，雷根證明了一件許多人至今不願接受的事——政治愈來愈依賴表演，也愈來愈遠離柏拉圖或馬基維利。就連美國總統這樣的權力位置，需要的也不是什麼英明、智慧、勇毅的人，真的需要的，是看起來像總統，講起話來像總統的人，「像」就「是」了，「像」就夠了。

雷根可能是第一個如此直接用表演「顛覆」了政治的人。然而他不會是最後一個。

多少政治野心分子，靠觀察也靠本能，洞悉了雷根的祕密，學起雷根的表演，追隨雷根攫取權力、操弄權力。

表演成了政治的核心價值，卻也腐蝕了政治的傳統、正統意義。

觀念13

文明標準

一九二八年，美國書市出現了一本奇怪的書。一本選集，書裡面選的都是用恐怖、惡毒的話罵人的文章。這些文章訾罵的對象都是同一個人——當時美國知名的記者、作家孟肯（**H. L. Mencken**）。這本書是孟肯的敵人仇人選的編的嗎？不是，選者編者就是孟肯本人。

孟肯特別要求長期跟他合作的出版商，一定要出這本選集。理由是：「我怕後世的人，忘記了我曾是這些人眼中的惡徒，威脅美國國家前途的人。」

文筆辛辣、刻薄的孟肯，還真的有深切恐懼。他最怕的是，被人家誤以為他認同美國社會、和美國一般人有著同樣的品味與思考方式。

孟肯是德裔美國人，出生於一八八〇年。他最崇拜德國哲學家尼采。他是最早用英文寫關於尼采哲學專書的美國人，他二十歲剛出頭寫的《尼采的哲學》，到今天還具備高度價值，因為他真正讀完德文本的尼采全集，真正相信尼采哲學的優越性，才下筆整理尼采思想的，他對尼采的認識，比學者還深，更重要的，他筆下行文有一種學者不會有的熱情。

孟肯學到了尼采那種言不驚人死不休的風格，他還對美國社會一般使用的語言，下過大工夫。一九一九年，他的《美國語言》幫忙確立了「美語」異於「英語」的獨特身分與獨特性格。這兩套本事加起來，造就了孟肯成為那一代最會罵人的記者、文人。

和尼采一樣，孟肯討厭宗教，不過尼采討厭基督教，認為那是「弱者的哲學」，孟肯討厭所有的宗教，因為任何一種宗教都必須把人生說得很痛苦，才能吸引信徒。孟肯形容美國立國根本的清教傳統是「持續而鬼魅的恐懼，害怕在某處，某人可能正快樂著」。

孟肯追求現代理性，對待非理性的現象，他既沒禮貌又殘酷。例如在評論「基督科學教派」（Christian Scientist）拒絕使用現代醫藥的行為時，孟肯明白說：就讓這些人的小孩早早死掉算了！有笨到會去相信「基督科學派」的父母，這種小孩如果活到可以再生下一代，也祇會降低美國的全國智商水準罷了！

罵人者，人恆罵之。這麼愛罵人的孟肯，難怪會招惹別人還以顏色。令人驚訝的是，孟肯非但不拒絕這些罵他的文章，還小心保存任何罵他的隻字片語。越多人罵他，越證明了他和美國人不同，那個在孟肯眼中膚淺、庸俗、虛偽、獨斷、封閉、自以為是的美國。那個充斥對世界不瞭解不感興趣的鄉巴佬的美國。

孟肯這種清高傲慢，是有歷史時代背景的，十九、二十世紀之交，美國城市快速發展，大批過去散居在農村裡的人，聚擁到城市裡來討生活、找機會。城市生活還來不及讓這些人擺脫過去狹窄生活塑造的單調價值，這些人反過來用他們的單調價值評斷城市，進而改變城市。

孟肯在大城巴爾的摩（Baltimore）出生、長大。受的是強調歐洲文化的教育，後來從事的又是必須接觸、報導外在世界的新聞工作，這些條件都使得他和那些新進城的人，格格不入。

二十世紀早期，美國報紙、雜誌經歷重大變化，其中一個原因就是，必須面對這群都市新住民的問題——要拿這些抱持嚴格宗教、道德信仰，不能容忍五光十色、不願花腦筋思考複雜問題的城市新住民怎麼辦？報紙、雜誌可以為了討好他們，改變自己原本的城市風格，讓自己變簡單變獨斷變得黑白分明；報紙、雜誌也可以想辦法讓這群人學習開放、複雜、曖昧的城市生活。

如果是今天的台灣，我們的媒體一定選第一條路走。當年的美國卻不是，如雨後春筍般，到處出現了「聰明雜誌」（smart magazine），標榜要教鄉巴佬學得「聰明」，看見城市、看見文化、看見外面廣大而豐富的世界。

一九〇〇年創刊《聰明組》（*Smart Set*）、一九一四年《浮華世界》（*Vanity Fair*）、一九二五年有《紐約客》（*New Yorker*），孟肯參與在這波「聰明雜誌」的浪潮中，先是加入了《聰明組》，後來還找人合夥辦了一本新雜誌《美國水星》（*The American Mercury*）。一九二八年，評論家威爾森（Edmund Wilson）曾半開玩笑地說：「全美國一半以上的大學刊物，都努力讓自己看起來像《美國水星》。」

「聰明雜誌」有沒有讓美國人變「聰明」？很難說。但有一件事是確定的，用今天流行的語言說，「聰明雜誌」讓美國社會「與世界接軌」。美國逐漸從一個遠離歐洲文明世界，落後、野蠻、粗俗的社會，轉型成為二十世紀文明的新中心。

孟肯代表的，正是「鄉巴佬美國」與「世界文化中心美國」的交界。他愛不愛美國？看他處處與美國人、美國社會劃清界線的驕傲模樣，答案恐怕是「不愛」吧？那美國愛不愛孟肯呢？嗯，孟肯曾經支持過納粹和希特勒，而且思想裡充滿菁英概念，美國左派當然不愛他；他反宗教、嘲笑清教徒，對家庭倫理、小鎮秩序沒什麼興趣，所以美國右派也不愛他。左派右派都不愛，還有誰愛孟肯呢？

不愛美國、美國也不愛的這樣一個人，卻是讓美國在二十世紀崛起、强大的重要基石。這該算是歷史的諷刺嗎？不，或許還毋寧是歷史真正的通則、歷史底層真正含藏的智慧吧！

孟肯最大的價值，在於他不討好。絕對不去討好從十九世紀最後十年大批湧進城市，在孟肯自己的生活環境裡，影響力越來越大的大批群衆。孟肯自己心底，始終堅持清楚的一套文明標準，這套文明標準背後，是幾千年西方文明所鋪排起來的成就。孟肯在選擇文明要素時，有他的偏見，可能也犯了嚴重錯誤，可是他用這樣的標準，反抗且抵抗了那潮湧而來的膚淺、庸俗、虛偽、獨斷、封閉。他刻薄訾罵、也願意忍受回罵，就是絕對不讓他心目中的那種「鄉巴佬」文化能夠得勢。

我們不需要學習孟肯那些偏見，更不該複製他的錯誤，然而孟肯的精神，畢竟還是個有效且重要的提醒。真的應該讓一種封閉的、獨斷的、膚淺的價值，排山倒海而來淹沒我們，祇因為抱持這種態度的人，自認「愛台灣」，而且占據多數嗎？我們不能、不該有另外的文明標準，要求這個社會「聰明」些嗎？

觀念14

巧合

在複雜多因素交互影響的世界裡，必然有許多「純屬巧合」的事。不過正如韋伯（Max Weber）申說的，人活在「意義之網」中，對於周遭發生的事，我們有一種本能，不祇要問「什麼」，還要接著問「為什麼」。

在「意義之網」中，巧合是最沒有分量的。巧合意謂著：發生就是發生了，沒什麼特別的因果關聯，就是這樣，沒有什麼特別的「為什麼」。巧合違反了我們追問意義、探求理由的內在衝動，難怪那麼多人不相信巧合，要在巧合現象上附會增添種種說明。

從承認巧合存在的前提出發，從專門確認巧合的特別學科——統計的角度看去，世界無非都是巧合，或者是偏差統計所能解釋的，沒有什麼怪力亂神，沒有什麼祕密魔咒。

例如說：空泛籠統的預言，從統計機率上看，當然很容易實現。不必研究星座，不必深夜起來學孔明「騎牆觀天象」，我都可以大膽預言下個月在亞洲地區，會發生嚴重的災禍，你信不信？你非信不可，因為我的預言有長達三十天來等待，亞洲西起俄羅斯，東到印尼延伸入南太平洋的小島，我既沒定義災禍是天災還是人禍，也沒定義該多嚴重才叫「嚴重」，這種預言還會碰不對矇不到，那才叫有鬼。

在多地震如台灣這種地方，每年平均有感地震近千次之多。一個患有間歇性耳鳴問題的人，發生耳鳴後幾天內，剛好遇見有感地震，機率其實高得不得了。更何況，耳鳴的發生，與地震對應，都沒有經過細密的控制，中間誤差加人為扭曲的可能性太大了。

再說最近熱門得不得了的「魔咒」話題吧。波士頓紅襪隊從一九一八年之後就得不到世界大賽冠軍，是鐵的事實。球迷們不相信這會是單純的巧合，於是訴諸貝比魯斯的魔咒來予以解釋。

八十六年間拿不到冠軍，這應該真的不是巧合，祇是造成這種連續現象的，恐怕不是魔咒，而是其他因素吧。

一個因素，美國職棒聯盟隊伍太多，而每年祇能有一個冠軍。平均算一下，每支球隊能贏得冠軍的機率本來就很低，以現在狀況，就算用輪的，都要輪上將近三十年，每支球隊才能輪上拿一次冠軍。

第二個因素，美國職棒制度長年保障了人口集中大市場的球團，占盡優勢。人口多球迷多收入多，當然可以買到好的球員和教練，職棒又最講求「美國精神」，自由競爭，市場決定一切，不像其他運動有薪資上限，有選秀抽籤等强迫讓各隊實力平均化的措施，這種情況下，紐約洋基會建立起王朝，囊括二十世紀四分之一强的冠軍寶座，能說是意外嗎？

再想想，洋基獨大，獨霸了二十幾次冠軍，那別隊拿冠軍的平均機率當然更小了。尤其受到最大影響的，是洋基的世仇紅襪隊。紅襪幹嘛跟洋基結成世仇？因為這兩隊永遠分在同一個聯盟同一個分區。同聯盟同分區不祇是每年要碰頭對戰最多次，更要命的是，大家得先拚個你死我活爭取晉級季後賽的機會。美國職棒的制度，幾十年來都是祇有季賽分區戰績排名第一的，才能進季後賽。幾十年來，季賽打完，就祇剩四支球隊還能抱持希望，其他各隊都打包度假去了。這麼嚴格的制度，偏偏自家分區有個超級强隊，紅襪連想偷偷混進季後賽都沒有機會，遑論「肖想」世界冠軍了！

從這點再進一步看，我們就能恍然大悟，為什麼維持了八十多年的魔咒，終於還是破了。從理性主義者的眼中看去，關鍵因素不會是貝比魯斯的鬼魂高不高興，而是季後賽制的改變。從七、八年前開始，聯盟重組，分成六個分區，除六個分區季賽第一名之外，還有兩個外卡名額，總共八支球隊可以打季後賽，名額放寬一倍。

最近三年贏得世界大賽的球隊，包括今年的紅襪，都是拿外卡進去的。換句話說，依照舊制，他們根本沒機會出現在季後球場上！依照舊制，今年紅襪哪會有機會挑戰洋基隊？依照舊制，紅襪今天還在苦苦等待魔咒第八十七年呢！

新的賽制，開放了新的可能，給整體實力或許不是最好、但卻具有爆發力的球隊，表現的機會。季賽一百五十多場打下來，非靠硬碰硬的實力才能維持最高勝率，這種實力和薪水通常密切正相關，可是戲劇性的爆發力就不是那麼回事了。新制有效打破了薪資壟斷，於是洋基不再穩居寶座，於是神經兮兮的紅襪有了竄起復仇的機會。

可是，賽制能夠解釋八十多年中，紅襪隊不可思議的衰運，例如一九四六年的失誤、一九八六年的一團混亂嗎？賽制不能，但臨場調度可以。一九四六年真正失誤的是多明尼克·狄馬喬，他是因先發球員受傷才被派到中外野替補的，一九八六年漏接滾地球的一壘手巴克納，則是身上根本就有傷，因為他一整季立下汗馬苦勞，總教練不好意思把他換下來，想讓他留在場上享受拿到世界大賽冠軍的光榮！

這個世界上，其實沒那麼多不能解釋的巧合，祇不過把事情都用理性解釋明白，把魔咒從生活裡驅趕走了，似乎我們的生活也就變得乏味了。

不過沒關係，有些巧合，就算再理性再清楚的頭腦，都沒辦法解釋說明，在這裡，永遠都還是有怪力亂神、祕密魔咒的廣大空間。

試試這個吧！美國總統林肯和甘迺迪，整整相差一百年當選上任，兩人都在任上遭到暗殺身亡。暗殺林肯的兇手，剛剛好比暗殺甘迺迪的兇手早一百年出生。林肯在戲院裡被暗殺，兇手從戲院逃到附近的倉庫裡被捕；暗殺甘迺迪的兇手藏身在倉庫射擊，然後逃到了戲院裡被捕。這兩名兇手，布恩和奧斯瓦爾德，都在上法庭受審之前，就被幹掉了。

還有，林肯總統的祕書姓甘迺迪，甘迺迪總統的祕書姓林肯。甘迺迪小姐曾經勸林肯總統不要去戲院，林肯總統不聽；林肯小姐也曾勸甘迺迪總統不要去達拉斯，甘迺迪總統也沒聽。

還有，兩位總統被刺殺的那天，都是星期五；致命的槍傷都在後腦勺，兩位第一夫人都在暗殺現場。林肯死後，繼任的副總統姓詹森，甘迺迪死後，繼任的副總統，咦，怎麼也姓詹森。

像這樣的連環巧合，你要不相信它祇是巧合，你要想編造多少神奇古怪的靈異故事，我想誰也阻止不了，誰也怪不得你。祇不過，如果不是像這樣充滿蹊蹺的事，我們最好還是多用理性、少信魔法魔咒吧。

觀念15

未知

在你面前有兩個箱子，每個箱子裡各有一百顆球。甲箱中有五十顆紅球、五十顆黑球，乙箱中也是紅球黑球，然而比例不明。如果說從箱裡抽出紅球來，就能夠得到一千元，你會選擇伸手進甲箱還是乙箱？

我打賭你會選甲箱。因為實際做過的試驗中，絕大部分的人都毫不思索就將手伸進甲箱裡。這種行為代表著：你相信在甲箱中抽到紅球的機率，高於乙箱，不是嗎？

那讓我們把遊戲繼續玩下去。下一輪，同樣這兩個箱子，規則改成：如果抽到黑球就能夠得到一千元。按照前一輪的推論，你覺得甲箱中抽出紅球機率比較高，那這次你應該會改而試從乙箱中去碰黑球的運氣囉？

你會嗎？我打賭你不會。其實做過的試驗中，絕大部分的人才不管什麼推理，他們還是寧可伸手進甲箱裡去摸黑球。

這是博弈理論中有名的「艾爾斯伯格弔詭」（Ellsberg Paradox）。「艾爾斯伯格弔詭」說明一件重要的事：在做選擇、決策時，人們會本能地避開未知、不確定，這項本能的強度遠超過其他理性考慮算計。

如果由理性來考慮，甲箱抽出紅球的機率是五〇%，乙箱則從一%到九九%都可能。然而乙箱抽出紅球的機率越低，那麼相反地抽出黑球的機率也就越高。如果理性猜測，我們可以猜乙箱中紅球多於黑球，那麼第一次我們就會伸手進乙箱；我們也可以猜乙箱中黑球多於紅球，那第二次我們會伸手進乙箱。然而人們實際的行為，卻是根本不考慮乙箱，兩次都到甲箱裡試運氣。

發現這項弔詭的艾爾斯伯格（Daniel Ellsburg）一九四八年進美國哈佛大學攻讀經濟學，因為他表現的聰明才智，被引導入博弈理論的特殊領域。那個年代，博弈理論是個帶有貴族神祕色彩的學門，雖然博弈理論源自經濟行為的研究，後來卻發展出另外一個重要的運用領域——冷戰決策。

美蘇兩大國在冷戰期間，各自擁有了足以毀滅整個地球的核子武器，對峙、威脅。

世界的命運操縱在兩國的政治決策裡，而兩國的決策又是牽連互動的。的確多麼像一場誰都輸不起的賭局，於是研究人在種種競爭情勢下將如何反映如何作為的博弈理論，就可以派上用場了。

艾爾斯伯格年紀輕輕就發現了「艾爾斯伯格弔詭」，前途大好。畢業後他先到海軍陸戰隊服務，接著進了美國最具影響力的保守派軍事政策智庫——蘭德公司。

一九六四年，越戰爆發前夕，艾爾斯伯格進了美國國防部服務。一九六五年，艾爾斯伯格以國防部參謀的身分，前往越南前線考察。軍方派了兩個人當他的在地嚮導，蘭斯德爾將軍（Edward Lansdale）和凡思上校（John Paul Vans），這兩個人後來都因為越戰而成了大名。讀過葛雷格林的小說《沉靜的美國人》嗎？裡面的派爾（Pyle）就是以真實世界裡蘭斯德爾將軍為模特兒的。凡思上校呢？則被美國小說家 Neil Sheehan 寫進另一本小說《閃亮的謊言》（*A Bright Shinning Lie*）中，成了那本書裡說謊不眨眼的主角。

艾爾斯伯格一度在國防部裡紅得發紫。他經手了許多與越戰相關的機密文件。基於他對博弈理論的研究，尤其是以他為名的那項弔詭所揭示的，在國防部工作、後來又回蘭德公司任職的艾爾斯伯格，對於越戰感到憂心忡忡。

剛開始，他擔心美國總統正統率軍隊在打一場盲目的戰爭。不是說美國總統看不到聽不到與越戰有關的資訊，而是這些資訊充滿了錯誤與誇大。這種資訊比沒有資訊更糟！美國總統誤以為自己知道箱子裡有多少紅球多少黑球，其實他不知道。如果他知道自己不知道他就不會那麼自信地將手伸進越戰的箱子裡了。

抱持著這樣的信念，艾爾斯伯格開始進行一場私人的聖戰。他利用各種機會，偷藏偷運偷印國防機密文件，那是個影印機還不普遍，更別說電腦複製技巧的時代，艾爾斯伯格窮盡其智慧，多方設法，竟然偷了超過一萬頁文件。

這場聖戰的目標是「喚醒總統」。一九六八年三月，艾爾斯伯格偷來的部分文件，透過《紐約時報》公布了，裡面顯示了軍方呈給詹森總統的報告，有多麼草率有多麼誇大。詹森的確被這批文件震得七葷八素，被迫宣布暫停二十度線以北的轟炸行動，隨後又宣布放棄尋求連任，以示對越戰負責。

詹森不連任，共和黨的尼克森在選舉中勝出，然而出乎艾爾斯伯格意料的，越戰沒有結束。艾爾斯伯格的臥底「聖戰」進入了新的階段，面臨了新的挑戰。

尼克森和詹森不同。尼克森得到了遠比詹森豐富而且正確的資訊，明白越南戰場的不可為，卻基於政治考量，不願也無法撤軍。在這種狀況下，艾爾斯伯格再怎麼「喚醒」

總統都沒用了，他決定用另外一種方式嘗試自己在博弈理論上的發現。

如果美國民眾知道越戰真相，不，應該說如果他們知道了政府與軍方其實對越南情況的掌握，無能、錯亂到了荒謬的地步，那麼他們將形成巨大的力量，促使美國儘快離開這種盲目的情境。避開無法瞭解的情境，是人類的強大本能不是嗎？

於是從一九七一年六月十三日開始，《紐約時報》大篇幅刊登了國防部內部祕密文件，沒多久，《華盛頓郵報》等其他幾家報紙也跟進了。美國聯邦司法部緊急要求法院禁止《紐約時報》發表這些文件，卻在最高法院碰了個大釘子。不過在調查、辯論過程中，艾爾斯伯格的身分曝光了，他一度藏匿逃亡，沒多久出面投案，後來獲得無罪開釋。

艾爾斯伯格原來相信自己一定會坐牢，而且大概要坐滿久的。他因為一邊在國防部工作一邊參與反越戰活動，很少有機會跟兒子互動，這下一想糟了，萬一坐牢豈不就完全錯過了兒子的成長了嗎？長考之後，他徵得兒子同意，拉了兒子來幫他複製、處理機密文件，理由是：到時候要坐牢就父子一起去吧！文件見報前夕，他打電話給前妻，向她道歉可能會有一段時間沒辦法再付贍養費了。

艾爾斯伯格沒坐牢，《紐約時報》沒被封館，代表美國新聞言論自由的一大勝利。

可是我們別忘了，艾爾斯伯格事先無法預見這樣的發展，他真正的心情是：準備放棄一切，證明自己的理論是對的，阻止越戰再拖下去。

國防部機密文件曝光，沒有立刻中止越戰，不過卻明確證實了「艾爾斯伯格弔詭」，大部分美國人一旦視越南為不可知的地方，發現那麼多年後，美國政府並未能充分掌握越戰的變數，他們不會選擇要在這個領域繼續賭下去了。

政治權力經常建立在虛假的「確知」上，而新聞與新聞工作者要做該做的，就是揭穿那「確知」，顯露出真實的「不知」與「無知」，讓人民的本能不要被蒙蔽、不要被扭曲。

觀念16 先知

什麼是先知？

從字面意思看，先知是「先知道的人」，也就是先知道了未來將會發生什麼事的人。先知一定有預知未來的能力，不過值得注意的是，光是宣稱自己能夠預知未來，不能讓一個人就變成先知。

要成為先知，還有至少兩項必要條件。第一是別人得相信你所預示的未來是真的；第二是你所預示的未來，必須與常識認知的不同，最好是相反。這樣說吧，路上看到一個乞丐，旁邊帶著衣衫襤褸、鼻涕滿面的小孩，如果你鐵口直斷說：「這小孩，將來命運坎坷，無法擺脫貧困。」聽到你這樣說的人，大多點頭表示同意，但他們絕對不會佩服你，稱許你做「先知」。

相反地，如果你看到乞丐身邊的小孩，大聲驚呼：「啊！這個小孩有皇帝命！有總統命！他會遇見貴人，念書念到哈佛博士，賺錢賺到跟王永慶、郭台銘一樣多，然後以壓倒性票數當選中華民國總統！」

你看見了一種未來，一種別人難免嗤之以鼻不肯相信的未來，這時你反而才取得了「先知候選人」的資格。如果你還能讓夠多人相信從常識推論上機率低到等於零的預言，那你就真正榮登「先知」寶座了！

人在困境中，最容易相信算命的，一個處於混亂悲慘狀況下的社會，最容易孕育出先知來，從常識、理性上看，這個社會的經濟、政治狀況必將一路走下坡、愈來愈糟，跟隨常識、理性思考，祇能帶來沮喪、無奈，那麼人們內心當然就湧上了願意相信不合理預言的衝動了。因為祇有不合理的預言，才能帶來安慰。十九世紀中葉，英國殖民者征服南非，將他們的勢力擴張到索沙（Xhosa）族的領土。索沙族不願輕易屈服，開始了他們漫長且悲劇性的武裝抵抗。

面對英國優越的火砲技術，索沙人的游擊戰爭勝算渺茫。在抵抗過程中，出現了第一位先知——莫蘭傑尼（Mlanjeni）。莫蘭傑尼告訴索沙人，要勝利必須求取祖靈的協助，因此就要定期奉獻牛隻給祖靈。

犧牲部分財產，換來祖靈可以幫忙對付英國侵略者，這預示給索沙人帶來很大的安慰，儀式很快就在索沙人間流傳開了。可是英國人非但沒有被打敗，還不斷前進，逼得索沙人幾乎走投無路。陷入更深絕望境地的索沙人間，崛起了新一代的先知，一位名叫儂卡烏絲（Nongqawuse）的年輕女孩。

儂卡烏絲預示：索沙人要用絕對的犧牲決心，才能激動祖靈，用絕對的神力協助其子民。每隔一段時間，象徵性地獻祭牛隻是不夠的，要做就做得徹底，一股腦把索沙人擁有的所有牛隻、所有作物收成，悉數摧毀，讓那大破壞，牛隻的哭號、作物燒起的煙火，傳到天空上去。

儂卡烏絲預示：一旦索沙人下定決心摧毀一切，那麼海洋就將在他們眼前打開，從海中劈裂出來的路上，依次送回被殺掉的牛隻、被燒掉的糧食，後面跟隨著死去了的親人祖先，再後面跟隨著强大的俄國軍隊。

儂卡烏絲預示：那從海中道路來的俄羅斯大軍，才剛在克里米亞戰爭中打敗英國人，他們會協助索沙人再度打敗英國人，趕走英國人。

這是個荒誕的預言，這更是個可怕的預言，然而部分的索沙人相信了，他們尊奉儂卡烏絲為先知，依照她的指示一一去做。牛隻沒有了、糧食沒有了，但是海洋沒有分開、俄羅斯軍隊更不會來，真正到來的是悲慘的饑荒，饑荒中的自相殘殺，索沙人橫屍遍野。

這是先知儂卡烏絲的錯嗎？是，但又不全然是。那些相信先知的人，跟先知一樣有責任吧！而即使在索沙人橫屍遍野，等於對英國殖民者不戰而降的結果下，倖存的索沙人中還有很多不認為儂卡烏絲的預言錯了，他們怪罪族裡有些人沒有聽從儂卡烏絲的話，自私地留下了牛隻和糧食，才使得天啓破功。一百多年之後，直到今天，南非索沙族人都還劃分著「信者」與「不信者」的不同家族陣營，互相怨懟敵視著。

而英國殖民者來了又走了，南非黑白隔離政策建立了又崩壞了，歷史走了很遠很遠，索沙族的「先知傷痕」還沒有完全痊癒。

台灣的未來，沒那麼難預見。從常識與理性的立場出發，依照目前狀況發展下去，我們一定要面對中國崛起，新亞洲乃至全球經濟體中，台灣被邊緣化的危機。要跟中國保持距離，就必須辛苦尋找、建立另外一種和這個新興全球經濟情勢掛勾的方法，才不至於脫節脫隊。

這樣的預測，正因為是理性的、正因為是悲觀的、正因為觸動台灣社會最緊張擔心的那根神經，反而最容易被忽視、被排除在考慮之外。常識、理性的預示，將要求政府調整其態度，要嘛放棄對中國的敵意封鎖路線，不然就必須拿出更大魄力、發揮更高效率，讓台灣能和世界用別種方式連線接軌。這都是艱難的工程，這都是要先付代價，卻不見得保證能有收穫的事。人家不愛聽常識、理性的預言。

於是，一種「先知氣氛」隱隱然近日在台灣成形了。以民進黨政府為首，醞釀著一種期待，先準備好了要相信：台灣按照現在這種狀況走下去，甚至把和中國及其他包括東南亞國家的疏離隔絕，做得更徹底些，我們自尊自信自大自妄到一定程度，啊，海洋將為我們開啓，別的國家將從那開啓的海路絡繹來親近我們、拉攏我們，一切都將好好的，沒有危機更沒有困難。

真的可能這樣嗎？常識、理性說：不可能！然而不尊重常識，理性基礎又很薄弱的台灣，卻反覆自我催眠說：別相信常識，有比常識更偉大的力量，可以扭轉歷史走向。誰會成為台灣的儂卡烏絲先知，我不知道，然而令人驚悚害怕的是，等待迎接先知儂卡烏絲的炫光舞台，已經快要搭好了。

觀念17 社會價值

人類胎兒在母體子宮中成形，最前面八周是沒有任何性別的。或者該說，還沒有經過性別劃分。

第八周是個關鍵。因為分裂增殖製造的第一個與生殖相關的細胞，將在這個時期決定胎兒的性別。那顆新生「性細胞」如果留在身體原處，那就進一步成為卵巢，如果下降其位置，那麼就發展成睪丸，於焉胎兒才有了或女或男的性別。這項變化，是個觀察到的簡單事實。然而任何和性別相關的生理事實，在這個時代，都難免被附加上許多社會與文化上的意義。

例如說，這項事實讓女性主義者可以振振有辭地推翻過去文化觀念裡的價值、權力偏見。幾乎所有的文化，都以「上」為尊、以「下」為賤；而且幾乎所有的文化，都將男人的地位擺得比女性高。這兩組偏見撞在一起，就出現了普遍「男上女下」的位階安排。男人比女人高，占據比女人重要的權力位置，似乎理所當然，甚至還是來自神話上帝超越智慧的安排。

不過真正自然的過程中，卻是一顆性細胞的上升或下降，決定了男女。而且是：下降才成為男人，留在原處或微微上升則成就了女性。怎麼會是女性比較低下呢？大自然明明設計男人是沉淪、下降的女性，不是嗎？科學上觀察到的胎兒變化是，性細胞不動產生女性，性細胞下降產生男性，於是似乎又改變、顛覆，甚至推翻了影響西方性別文化最深遠的故事——《聖經．創世紀》中上帝抽取亞當肋骨做出夏娃的故事。〈創世紀〉說的：男人是原生的，女人則是從男人身上衍生出來的。女人是部分，男人是全部。然而大自然生理真實過程卻比較接近：所有胎兒生來都是女性，至少在第八周剛出現性細胞的關鍵時刻，每一個胎兒都先以女性的形式擁有性細胞，然後才有遺傳基因的力量，將一部分胎兒體內的性細胞向下推，於是才有了男人。

事實和〈創世紀〉「編造」的相反——先有女人，然後一部分「女人」才變成「男人」。誰還能再主張女人是衍生的，男人才是原生的呢？

還不祇這樣，一部分醫學人員認為：因為形成男性，必須經歷性細胞下降的過程，也就意謂著，出現男性比出現女性，多了一道手續。胎兒要變成女人，什麼事都不必多做，祇需任隨性細胞在原來的地方，安安靜靜順利發展就可以了。反過來看，要變成男人，性細胞必須開始其旅程，經過初生不穩定的身體，找到它該去的正確所在。多一道過程，就意謂著多了可能出差錯的機會。

演化生物學家計算：約莫每一百萬次細胞分裂，會出現一次突變。這純粹是機率，純粹來自大自然不完美的複製、運作規律。從統計的邏輯上看，我們也可以斷言，那麼性細胞要下降到正確位置的生理變化，會有一定的「出錯率」，而且其「出錯率」，必然比變數沒那麼多的女性發展，高得多。換句話說，這種生殖流程，注定會產生比較多「不完全」、「不完整」的男性。的確，大家都知道男生睪丸長錯位置造成疝氣毛病的案例，絕對比女性卵巢沒長在對的位置的案例，多上幾千幾萬倍。

不過另外一種推論，帶著比疝氣高多了的爭議性。有人從性細胞的下降出錯機率申論——就是因為這比較複雜的過程，使得男性的性發展有相當高比率會出錯。不是性器官外觀的錯誤，而是性功能與性傾向上的錯誤。

他們心中最清楚的例證是：男同性戀現象。他們的論證是：為什麼男同性戀現象遠比女同性戀來得多來得普遍？同性戀可能完全是外在社會環境造成，沒有生理因素嗎？可是如果同性戀有生理基礎，那怎麼解釋一代代同性戀者沒有消失滅種呢？同性戀者的性傾向使得他們很難繁衍子孫，那麼他們的生理結構無法複製，缺乏遺傳優勢的情況下，同性戀基因應該會快速滅絕才對啊？為什麼會有新的同性戀者不斷誕生呢？

答案應該是：同性戀的生理性，不是來自遺傳基因，而是來自胎兒性別化過程的不完整。性細胞下降過程牽涉非常複雜的生物化學互動，任何環節出了一點差錯，我們就得到一個「不一樣的男人」。所以祇要性細胞下降這個過程存在，男同性戀者就會繼續存在。他們的傾向不是也不需要靠他們自己去生養小孩來延續，大自然的設計本來就會源源提供這種「不一樣的男人」。如果真是如此，那麼同性戀，至少男同性戀者哪有什麼「不自然」的地方呢？他們和所有人同樣都是自然過程中必然產生的結果，他們的命運操控在自然過程中，何怪之有？何異之有？

不過換個角度看，那是不是也證實了男同性戀者不祇是「不一樣」，而且是大自然中「出差錯」的產物了呢？所以我們就可以也就應該用看待先天殘缺疾病的態度來看待他們嗎？等等，我們走太快太遠了。我們已經走到社會價值社會態度的範圍了。不管什麼樣態度，其實都已經不是原本科學觀察可以、應該支援撐持的。科學上，真正有把握的，祇是性細胞升降這個簡單生理現象而已。這個現象，不能直接告訴我們是不是女性比較「高」？女性比較「正港」？這個現象，也不足以告訴我們，男同性戀者是不是真的來自於性細胞下降過程的變化？當然更不能下結論回答：男同性戀者的產生在生理演化上是或不是「異常」狀況？這些都超過了科學的範圍。但我們卻無法完全阻止人家用科學的有限發現，做各式各樣的社會價值與態度推論，畢竟我們絕大多數時間不是活在科學事實中，而是活在社會價值與態度交織成的「意義之網」裡。

我們能做的，我們該做的，是常常將這包圍我們的「意義之網」拿來檢驗、反思、細察網結與網結之間除了網眼之外，是不是還有更大的破洞，或不堪的腐朽。別真的變成「意義之網」的順從囚犯了。

觀念18

根本

一九五七年十月四日，大條代誌發生了！蘇聯火箭成功地將第一顆人造衛星「史普尼克」送上繞行地球的軌道。史普尼克號衛星衹有一顆排球那麼大，而且它唯一會做、能做的事，就是每隔幾秒鐘，發出「嗶」的信號聲。

史普尼克本身，對誰都不構成任何威脅。可是史普尼克號發射，卻引來了美國空前大恐慌。理由是：能夠將史普尼克號送上太空的火箭及其技術，也就能夠將蘇聯擁有的核子彈頭，越過太空，送來攻擊美國本土。

似乎嫌美國人還不夠恐慌，一個月後，十一月三日，蘇聯又發射了「史普尼克二號」衛星，這次衛星體積變大了，而且裡面載了一隻狗去繞地球運轉。

蘇聯能，為什麼美國不能？美國社會緊張地問。因為美國的科技落後蘇聯，這是一個答案，不過美國人不滿意如此明顯的答案，再追，追出了《周六評論》文章中流傳一時的結論：「沒有數學，民主就沒有希望存活。」是了，科技不如人，是因為數學不如人。

美國人的數學程度不如蘇聯，所以科技不如人，所以蘇聯的核子彈就可以打到美國，共產集權將輕易摧毀美國民主，數學原來那麼重要！

那怎麼辦？一九五八年年初，美國國會緊急通過了「史普尼克法」，這個法案不是飛彈計畫、不是國防預算倍增計畫，更不是整體武器購買方案，而是《國防教育法案》。

《國防教育法案》要求聯邦政府投注大筆經費，注意，不是花在「國防教育」上，而是投資「對國防有幫助的整體教育」。

《國防教育法案》中，固然有錢拿去花在全美各級學校進行「核爆演習」，有錢拿去花在宣傳核戰的可怕、蘇聯的可惡與可怕，不過這些錢，占的比率很低很低。《國防教育法案》的重點，是如何提升美國小孩接受的教育水準。

儘管《國防教育法案》是受到史普尼克號刺激下的產物，然而這個法案的資源，並沒有如想像中那樣，完全集中在數學、物理等自然科學領域。

同一年代，經濟學家如舒茲（Theodore Schultz）、貝克（Gary Becker）提出了「人才資本」的觀念，主張應該在經濟體系中重視「人才資本」產生的影響。「人才資本」的投入，可以有效促成經濟成長，所以教育是絕對划得來的投資。

這種流行的新興經濟理念，將《國防教育法案》的視野，由數學、物理放大到一般教育品質上。

另外一項重要影響，來自於戰後美國學界對於語言、文字的重新省思。小孩怎樣學得語言、如何學會語言和文字的對應？為什麼在同樣富裕的工業化國家中，美國社會的識字率始終偏低？即使扣除掉黑人，美國白人的識字率，也遠低於歐洲白人？

文字是最初步的抽象過程，文字更是大部分知識的基礎。缺乏語文能力的小孩，很難期待他們能夠順利地追求更高層次的知識，不祇是文學、歷史一類的人文知識，就連自然科學知識也不可能，數學、化學、物理等學科，還是高度依賴語言、文字來傳遞其知識內容、複製其知識邏輯與認知程序。

五〇年代後期，剛好又是美國戰後「嬰兒潮」中出生的小孩，陸續進入小學的時候。一九四五年，全美誕生了兩百九十萬名嬰兒；一九五二年，新生兒數量增加到三百九十萬；一九五七年，「嬰兒潮」的最高峰，一年內出生了四百三十萬新生兒，這麼多小孩要學語言、要學文字，逼得原本的教育體系手忙腳亂，應付不過來；也逼得教育體系不得不檢討其原有的教學方式。

那幾年，本來就有一股不滿在醞釀中，批評傳統的初學英文課本，無趣、無聊、無效果，舊式教學相信小孩是從生活經驗裡學語文，因而課文裡老是大人認為小孩應該熟悉的家庭瑣事、購物、開車出遊、野餐、逛動物園等等。是的，小孩對這些很熟悉，熟悉到對這種課文沒有一點興趣。

新一代的學者相信，小孩該學的，不是一個個生活語彙，而是一套套語言結構。相似的聲音、相似的句法、相似的韻律，在小孩心中形成直覺，小孩自然能進入語文系統裡，就可以事半功倍地快速學習。

這樣的想法，剛好遇上了《國防教育法案》，於是新增的教育投資，就被導向進行語文教育的實驗。有充分資源為後盾，新語文教學取得了動能，一舉推翻了舊制度、舊辦法。

出乎意料之外的，史普尼克號刺激出的《國防教育法案》，在美國社會留下的最大成就，竟然是在「語文教育」上！

讓我們想像一下、比對一下，應該可以有助於瞭解我們自己的社會，和美國有多大的差距。如果是在台灣，同樣的史普尼克號，會引起什麼反應？可能什麼反應都沒有，因為沒人覺得別的國家的成就，跟我們有何關係。如果有反應，恐怕也是電視上吵吵鬧鬧的口水反應吧，東說西說，幾天新聞炒過了，就沒下文了。

讓我們進一步假設、想像，就算真的這樣一回事引起社會重視了，那我們的政府體系會做什麼？嗯，總統府會宣布召開「全國教育會議」，進行教育總檢討，行政院會責成教育部提出「强化科學教育方案」；立法院會把教育部長叫來訓斥一番。不就是這樣？

好吧，讓我們再進一步假設、想像，就算公家部門除了口頭表態外，還願意投注資源强化教育，也通過了一套《國防教育法案》，那又會怎麼樣？法案中撥出來的預算，一定有很大一部分花在「政令宣導」，向民衆宣傳「國防教育」的重要性，也就是，發包在各種媒體做廣告、順便拉關係。另外一大筆錢一定是直接指定去設立「飛彈研究所」，補助既有的彈道、火箭研究，而且誰能提出越具體的硬體計畫案，誰就能得到愈多經費。

我們可能會想到，應該要檢驗一下社會普遍的數學、物理基礎能力嗎？我們當然更不能會去觸及語文教育的問題，甚至如果有人主張「國防教育」應該補助語文教育，大概會被罵成「瘋子」吧！

台灣是個無根的浮萍社會，因為我們沒有習慣進行根本式的思考。台灣的成就與光榮，是虛浮的，台灣的問題與麻煩，卻是緊緊深植、難以解決的。對成就與光榮來說，我們沒有耐心深耕打底；而問題與麻煩出現時，我們總祇想快快除掉那看得見的表面，卻讓看不見的根部滋生繁衍，不去看、更不去思考。

觀念19

競爭

十九、二十世紀之交，西方文明嚴重衝擊世界各地傳統文化，包括日本、中國在內的非西方社會，紛紛興起了知識分子的悲憤改革運動。

這些因應西方霸權而起的運動，幾乎毫無例外，都有許多人激情擁抱從達爾文生物演化論變形的「社會達爾文主義」，「物競天擇、適者生存」成了最響亮的口號。整個世界，無時無刻不在競爭中，能夠適應環境、競爭優勝的生物，才能繁衍下去！同樣地，衹有習得競爭本事的國家，才有辦法維繫下去，不會被別人征服、統治甚至滅絕。

而且幾乎毫無例外，最是强調社會達爾文主義競爭概念的群體，最容易爆發出「全盤西化」的極端立場。主張放棄一切傳統的東西，向西方學習，西方有什麼就學什麼。

社會達爾文主義和「全盤西化論」，是有內在論理直接相關的，如果人類存在最初與最終的目標就是競爭有限資源，讓自己存在並繁衍的話，那麼確保競爭中不落伍不被淘汰最簡單的策略，當然就是模仿、學習那些在這個環境中證明是强者、勝者的人，以他們的形象完全重塑自己，保證自己可以脫胎換骨，也成為强者、勝者。

「全盤西化」聽起來多麼悲憤多麼極端，其實卻是「競爭觀」下，自然、甚至不得不然的結論。

再看另外一件事。二〇〇一年「九一一」發生後，美國社會掀起一片檢討、撻伐情報單位的聲浪，為什麼人家要到我們國土上攻擊、摧毀我們的重要地標，負責在外蒐集情報的CIA、負責在內蒐集情報的FBI，從來沒有察覺危險，沒有放出任何警告來呢？美國民衆這樣問。

美國新聞媒體也一步步挖掘出情報單位內部許多「錯失的機會」。明明有那麼多異常現象出現，情報單位卻視而不見，或者見樹不見林，無能將不同現象比對拼湊出一幅可供辨識的危機圖像。花那麼多錢，具備那麼多高科技本事，蒐羅這麼多資料的情報機構，到底出了什麼問題？

情報單位內部自我批判，明確地指向兩項嚴重缺點。第一項是美國情報員愈來愈少滲透進伊斯蘭社會，進行「在地調查」。過去在外的情報員地位很高，他們的報告是判斷情報的首要依據，然而隨著科技的發達，官僚系統內部愈來愈依賴科技資訊，也就愈來愈不信任人，於是情報員的角色邊緣化，情報特派員士氣低落，也就不可能有什麼重要貢獻了。

與此相關的，是第二項嚴重缺失——情報單位失去了「像敵人一般思考」的習慣。為什麼眾多訊息沒有被攔截到、沒有正確解讀？因為解讀訊息的都是「美國人」，他們沒有自覺地換另一個角度問：「如果我是個討厭美國的伊斯蘭教徒，我會怎麼做？遇到這種事這種機會，我將如何反應？」換句話說，情報單位缺乏把自己放進敵人心中，變得像敵人一樣的能力。

回頭看，這些年為什麼駐地潛伏的情報特派員會變得沒那麼重要？一部分理由正是：駐地情報員常常被他所駐紮的社會、文化同化，一方面他們看到的，跟其他同事想像的，天差地別；另一方面，他們一不小心就會站在「同情敵人」的角度發言、做決定。

情報工作最艱難的部分、情報工作最複雜的部分，就在這裡。唯有將自己放到敵人的位子上，用敵人的感受、敵人的邏輯來看待世界，才有辦法準確解讀敵人行為釋放出來的微妙訊號。可是太過於投入敵人抱持的世界觀中，情報員還能對自己國家的立場、利益，毫無疑惑、毫不保留地效忠嗎？為什麼情報史上有無窮多的反間、反反間故事？那不祇是策略、權謀，更反映了情報員現實、具體的精神分裂生命困境，他們常常不再知道什麼時候是自己、什麼時候化身成了敵人，我們以為再簡單不過的敵我驗證，在他們卻是日日必須痛苦面對的掙扎。

競爭，為了要戰勝對方、壓制對方，常常迫使我們變得跟我們的競爭對手愈來愈像。「全盤西化論者」，是主觀選擇要向對手靠攏，以對手的形象再造自我；情報員則是被客觀的工作要求，潛移默化改變了，可能連再强悍的主觀抗拒，都改變不了如此的現實。

這是競爭的內在精神之一，當我們選擇什麼樣的人做競爭對手，也就意謂著我們被推拉著朝他們接近。對手是不容許我們忽視的人，於是，對手的所作所為，也就直接間接改變著我們。

以前的聯考，最壞的地方就是將所有的學生全部納入單一的競爭場裡。沒有人可以選擇不在這個場子裡競爭，不在這個場子裡求勝。其必然的效應是：讓每一個受教育的人都不得不和別人，那些競爭對手們，愈來愈相像。不祇是讀同樣的課本，回答同樣考題，用同樣標準計算分數，到後來一定導致同樣方式上課、讀書、學習、預備考試。誰成績好，別人就一定抄襲模仿他的方式來追求學業成就。標準答案加高度競爭環境，扼殺了所有多元的可能性。一旦成了「學生」，就沒有了自己個性與智慧單獨發展的可能，必須亦步亦趨地被安排去走那經過反覆試驗、證明過的「成功道路」。

聯考沒有了，但是聯考塑造的最大罪惡依然陰魂不散。今天的教育者與受教者，都還是一樣活在競爭的心態中，視競爭為教育過程中的必然。老師們訂定了遠比過去複雜好幾倍的評量辦法，錙銖必較地算各種成績，最終畢竟還是要排出一個量化數字，來代表小孩的能力。家長們往往不那麼在意自己的小孩真的學到什麼，有能力學習什麼，比較在意和別人競爭的態勢下，小孩在什麼樣的位置。也就是說，不是真正要自己的小孩好，有別人沒有的特別能力，而是要他在共同領域裡比別人好，自己好不夠，最好是別人都沒那麼好。換個角度看，自己的小孩不好有時也沒關係，祇要別人的小孩更差就可以了。

教改失敗，最失敗的是趕不走「競爭」價值一直在教育領域裡糾纏。競爭仍然是我們教育的首要概念，那麼競爭造成的同質同化效果，也就不會消散；那麼我們的小孩受完教育，也必定還是沒有個性、缺乏創意，當然無從領悟發揮個性、追求自我過程中帶來的快樂。

競爭之為害，大矣！最大的弔詭，台灣的大人們在教育上再那樣強調競爭的話，那麼未來如此受教育長大的下一代，恐怕就很難在世界上保持什麼樣的競爭力了！

觀念20

創意團體

一七六〇年代，每到月圓之日，達爾文就格外興奮。

喔，這個達爾文，不是發現演化論的那個查爾斯・達爾文（Charles Darwin），他是查爾斯的祖父伊拉斯謨斯・達爾文（Erasmus Darwin）。

伊拉斯謨斯・達爾文不是「狼人」，也沒有得什麼瘋病。每月固定月圓那天他會變得興奮異常，是因為這天「月圓社」（Lunar Society）聚會，他有機會去跟一群博學、有趣的人高談闊論。

「月圓社」選在月圓這天聚會，下午大家就陸續到達，桌上堆滿了各種食物，桌下有各人的孩子們躲藏嬉戲。夜色漸攏，酒足飯飽了，吩咐佣人把桌子清乾淨，這些紳士們改而在桌上堆疊各式各樣文件，有的寫滿了字，有的寫滿了公式，還有各式各樣新鮮發明的模型。

高談闊論、交換意見，一直到夜深人靜才慢慢散去，各人駕著馬車回家。這時，月圓的功能性意義就浮現出來了，高掛的滿月照亮了路，馬車才不至於跑到路外面去或不小心翻車。

是的，那個年代，十八世紀中葉，路上是不會有路燈的。別說電與電燈，就連蒸汽和蒸汽機，都還在討論、試驗的階段。而討論、試驗蒸汽機的一個重要據點，就是伊拉斯謨斯・達爾文參加的這個「月圓社」。

「月圓社」的成員，有一個就是瓦特（James Walt），還有一個是化學史上最早成功分離出氧氣來的普利斯特萊（Joseph Prestley），另外還有一個工業家波頓（Mathew Boulton），和一個英國歷史上最有名的磁器製造者韋吉伍德（Josiah Wedgwood）。沒錯，到今天，你還可以在全世界各大城市精品店買到精緻、昂貴的韋吉伍德頂級磁器，這位創業的韋吉伍德，也是伊拉斯謨斯・達爾文的親家，他的女兒後來生了一個歷史上最偉大的生物學家——查爾斯・達爾文。

「月圓社」是幹什麼的？伊拉斯謨斯・達爾文的形容——「交換哲學笑話（philosophical laughing）」。的確，他們聚會時總是笑聲不斷，然而他們的笑話，跟「哲學」什麼關係？原來是大家互相刺激，比賽想出當時英國社會認為不可能的事、不應該有的東西，換句話說，他們挑戰了那個時代關於世界、關於真理的一切基本假設，想像那應該不可能發生的事，將大家帶進一種興奮、快樂的情境裡。

當然，如果祇是耍耍嘴皮講些荒謬的狂想，這些人不過就是些自我娛樂的小丑，一起逗趣笑笑就算了。可是這群人內在具備了一種更大膽的精神，他們不祇想像那些世俗以為不可能的東西，他們還要運用各種方法，看看能把那「不可能」推到什麼地步。他們不祇比賽誰想得最狂妄，還比賽誰有本事去趨近、實現狂妄的想像。

「月圓社」成員瓦特奇想說：或許可以叫蒸汽取代人工，在工廠裡自動運作。大家就在這個「哲學笑話」上動各式各樣腦筋。

「月圓社」成員韋吉伍德想像在自家瓷器上複製燒出從埃及出土、兩三千年前的一種藍黑色，其他對化學有興趣的人，就提供他種種調製染料和燒陶程序的建議。

韋吉伍德生意越做越大，新蓋了一座工廠，然而運送原料和成品，都很不方便。於是他的親家達爾文就發了個挖一條運河的奇想，在其他成員推波助瀾下，想像中的運河越來越長、越來越寬，而且要穿越各種不同地形，有著超過一百公尺的高低落差，最後這樣一條運河，竟然就真的挖出來了。

挖運河的過程，暴露出了地底的祕密。有許多動植物以化石形式被壓藏在地底、山裡，幾萬年、幾十萬年來，第一次呈現在人類眼前。看著那些與現代生物差異甚大的動植物模樣，「月圓社」成員，老達爾文想像了另一個「哲學笑話」，如果物種從古至今經歷過變化呢？並不是從上帝開天闢地，生物就固定其形體與模樣呢？這個「笑話」也受到其他成員的刺激、挑戰，老達爾文還為此寫了一本書，其中一些重要觀念，後來被他的孫子偷偷拿去寫進了《物種起源》裡！

還有，「月圓社」成員之一——凱爾（James Keir）想像肥皂可以不必一塊塊做，利用化學程序，祇需一點點人力，就能產生大量肥皂。大家逼著他想想，肥皂生產可以「大量」到什麼程度。在反覆刺激下，最後凱爾去蓋了一座每年生產一百萬磅肥皂的大工廠，徹底改變了英國社會的衛生習慣。

還有，一次「月圓社」中，不知誰提起的另一個「哲學笑話」——為什麼必須存在奴隸與奴隸制度呢？於是大家七嘴八舌開始想像和既有觀念完全相反的可能——一個沒有奴隸、沒有奴隸制度的社會。結果，後來這些人一個個都成了反奴運動中的前衛先鋒。

要瞭解工業革命與進步精神在英國的發展，我們非得注意到「月圓社」不可。就像要瞭解十九世紀具有高度原創性與影響力的德國唯心主義哲學，我們不能不注意一棟小小的房子，一度黑格爾、費希特和謝林三個人在那裡住在一起。就像追索中國宋明理學的形成，我們會發現，不祇程顥和程頤是兄弟，周敦頤是他們兩個人的老師，張載是他們的表叔，而且邵雍跟他們兄弟住得很近。

人類歷史上的新鮮事，真的能改變時代，帶來巨大變化的，往往都不是由個人發動、形成的，而是內蘊於一些具備高度自主性與競爭性的團體中。處於那樣的團體，激發出了人的想像力，也激發出了願意進一步嘗試挑戰世俗意見的龐大鬥志。這些團體成員，一方面彼此團結，抵禦外面世俗的同化壓力；另一方面彼此吐槽、彼此批判，逼著大家去想出更好更突破性的觀念。沒有這樣的團體，有創意的個人通常也抵擋不住庸俗的侵蝕，或受囿於自己主觀走不出來，往往被當做瘋子看待，抑鬱以終。

去到重新開張的「明星咖啡屋」，很多舊物舊景保留下來，然而在舊物舊景間，再也沒有當年那些在這裡思考、聊天、寫稿、編雜誌的青年人們了。沒有環繞著「明星咖啡屋」的那個創意團體，那個曾經掀起過現代詩、現代小說，一路一直闖進「鄉土文學論戰」的創意團體。他們，做為一個創意集團，曾經真切改變了台灣社會。

現階段的台灣社會，就是少了像「月圓社」或「明星咖啡屋」這樣的創意團體吧！今天社會概念下的「創意」，都太職業化、太制式化了，他們或許有能力思考在電視機前惹觀眾哈哈一笑的「綜藝笑話」，卻不再有人積極、興奮地創造、交換足以動搖根本價值的「哲學笑話」了。

觀念21

海洋

一八九五年四月，史洛坎（Joshua Slocum）駕著他自己建造的船「浪花號」，啓程遠航。船上只有他一個人，而且除了風帆，「浪花號」沒有其他動力。

史洛坎說他要駕著「浪花號」環航世界一周。他的親人和朋友，既然沒辦法阻止他，只好祝福他。不過誰都不相信史洛坎真的能航行那麼遠。尤其是，史洛坎那年不年輕了，已經五十一歲；尤其是，在這之前從來沒有人單獨駕船環航世界過。

經歷了三年又兩個月，出乎所有人預料，一八九八年六月二十七日，史洛坎返航回到了美國羅德島，完成了他的壯志，一共航行了四萬六千哩，繞行地球一周。

他怎麼做到的？大家驚異傳問。只有一個人在三十六呎長的小船上，當他需要睡覺的時候，誰來幫他掌舵才不會錯了方向？遇到風暴大浪時，他如何在最短時間內處理風帆，才不至於在大海中傾覆？更重要、更關鍵的問題：他如何度過漫長的孤獨時光！航程中經常有幾星期甚至幾個月沒有靠岸，要怎樣才能不被那單調的景色、同樣的航程給逼瘋呢？

也許就是為了要一併回答所有人的這些疑問吧，史洛坎回到美國的第二年，出版了《環球獨航》（*Sailing Alone Around the World*），告訴我們那三年時光中到底發生了些什麼事。

書裡有些部分，證實了大家的猜測想像。環球獨行的確要經歷許多危險，例如從印度洋要進入太平洋時，強烈的風一度將他的船吹回麻六甲海峽。短短幾百哩的航程，史洛坎頂著風、順著風、斜對著風，花了好幾個星期才走完。那片海域如此兇險、如此惡毒，讓史洛坎無論如何不願釣食魚類或捕殺鳥類，他感覺到與這些生物有著共同對抗自然風浪、艱苦求生的同志感情。

史洛坎也證實了，在別人到不了的偏遠角落，會遇到奇怪的人與事。就在「浪花號」抵達印度洋上的羅德里蓋茲島前幾天，島上的神父用恐嚇的口氣預言：因為島民信教不夠虔誠，反基督的惡魔將要降臨。所以當島民看到一艘莫名其來歷的船漂搖進港時，簡直嚇壞了。許多人嚇得躲在家裡，連續八天不肯出門、甚至不敢打開窗戶透透氣。

不過《環球獨航》書中的其他部分，卻提供了非常不同的解答，與大家想像相去頗遠。整本書的調子如此平緩、如此從容不迫，一點都沒有創造歷史的冒險家那種自大傲慢與焦躁誇張。史洛坎讓讀者明瞭，靠自己對海洋的認識，靠自己的雙手，打造「浪花號」是最重要的起點。他和「浪花號」幾乎結合而為一體，「浪花號」任何細微的變化，他都能立刻直覺、自然地做出反應來。所以他不只能輕鬆地每天手握著船舵睡覺，邊睡邊維持方向，他還能提早預知海洋的動態，讓自己遠離無法處置的危險狀況。

讓人越讀越驚訝的另外一點——史洛坎似乎都不寂寞、都不孤單。在我們以為單調無聊的海上，他可以用船帆和風進行無窮對話，他可以和同樣依賴風來遠行的大型候鳥並肩齊航，觀察、體會牠們美妙飛行的祕密。大海裡更有各式各樣的生物，上演著永遠不重複的光影動靜景象。

海上還有其他船隻。在海上相遇，幾乎毫無例外會有他鄉故知的熱情。大船邀請小船的人移駕，在甲板上或船艙裡喝茶聊天。到了非得各奔前程時，大船還會不吝惜昂貴的火藥，熱鬧地鳴槍相送。

原來海上自有其熱鬧，海上自有其趣味，只要我們真正懂得如何親近海洋，活在海洋的包圍裡。這應該是《環球獨航》放送出的最重要訊息吧！

那個時代，史洛坎的時代，是人類與海洋互動的最後一段黃金年代。從十五世紀開始，西方文明爆發出冒險精神，强迫原本只懂得在陸地上生活的人，到海上去。經過幾百年，付出了無數生命代價，人類才終於累積了足夠的知識，不只在海上存活，而且與海洋共存。十九世紀，人有了夠多和海洋相處的記憶、經驗，而萌發了將自己視為海洋生物的新意識。史洛坎顯然就是這種新意識下的產物。

他有能力而且有熱情，打造自己的船，當他駕著「浪花號」出港時，他的心情截然大異於幾百年前的哥倫布或麥哲倫。海洋不再是必須被超越的障礙、也不是必須被征服的挑戰，海洋是另外一種存在的可能性，海洋是包容、接納人類的新環境，只要人類願意改造自己去適應海洋。

可惜的是，那段黃金時代來得遲卻去得好快。一九〇九年，六十五歲的史洛坎再度出航，他要前去南美洲，進入亞馬遜河去探索。這次他一去就沒再回來，徹底失蹤了，甚至不知道究竟在哪裡消失的。和史洛坎一起消失的，是那個人類朝海洋動物演化的漫長過程。

風帆消失，蒸汽動力取而代之，切斷了人與風的親密關係。越來越大型的船隻，裝上了各式各樣模仿陸地生活的用具，隔絕了人和海浪變化的感官對話。進而各種高效率的拖網到了海上，也就有效地阻止了人對海中生物的認同，人在海上純粹成了過客、成了掠奪者，海與海中生物，降至被掠奪的悲慘地位了。

再進一步，航空事業快速發展，從這個大陸到那個大陸，不再需要通過海洋了。在人類生活意識裡，海洋最主要的特質消失了，那就是海洋的廣大無邊，海洋的變化無窮。坐在航空器裡飛越海洋，海洋只是個抽象的距離數字，不再真實。人類只從遠遠的空中俯瞰海洋，或只在岸邊享受海灘陽光，以及極其有限的幾十公尺海洋，沒有大浪沒有大魚沒有大鳥的安全海域。

我們有機會吃到種類繁多的海鮮，可是我們對這些魚蝦貝類的瞭解如此膚淺。我們有機會從科學家的報告、國家地理雜誌的頻道上，看到海洋的種種奇觀，然而那些奇觀與我們封閉安穩的陸地生活完全無涉，我們「知道」海洋，卻無從「感受」海洋。

對於海洋的「無感」，在台灣這個島上尤其嚴重。儘管從政治意識形態上鼓吹「海洋國家」，儘管行政院組織法裡還要設「海洋委員會」，但他們的「海洋」，和史洛坎的經歷、和他留下的紀錄相比，顯然只是空洞、抽象、功利的名詞罷了。

這些號召「海洋」來塑造自我身分的人，曾經真的對海洋好奇，或至少對人類有過的海洋經驗好奇嗎？當一整個社會的人，除了海邊戲水、近海遠洋捕魚以外，沒有別種海洋經驗與海洋視野，我真不知道如何可能硬是去打造出一個「海洋國家」來呢？

觀念22 冒險精神

二〇〇二年年底，人類「極限紀錄」上添加了一筆——美國女泳將琳．考克斯（Lynn Cox）成為第一位「游上南極洲」的人。

全世界絕大部分人口，沒有去過南極洲。少數有幸到南極洲觀光的旅客或研究者，大概不外經由兩種方式——搭具有破冰功能的特殊船隻，或冒更大的危險搭小飛機降落在克難的機場上。

琳．考克斯和一群觀光客一起搭乘南斯拉夫籍的破冰船，經小獵犬海峽接近南極洲大陸。那是南半球最炎熱的季節，融冰後露出南極大陸的邊緣。船沿南極大陸航行，越過涅柯港（Neko Harbor）後，考克斯從船舷上步下階梯，深呼吸一躍入水，花了二十五分鐘時間，一共游了一點二二哩，到達南極大陸。

表面上看，這紀錄好像不怎麼樣嘛！前後不到半小時，游的距離算算還不到兩千公尺，琳．考克斯會游，難道別人不會游？我們每年一度的「萬人泳渡日月潭」活動，參加的人不都有差不多的本事嗎？

別被這種表面的數字給騙了。真正最重要的數字是——考克斯下水時，海水溫度接近零度冰點。而且她游過的海域，還到處有浮冰，小塊一點的浮冰，隨時可能劃破她的皮膚；大塊一點的浮冰，隨時可能把她撞昏過去；更大的浮冰，隨時可能裂解崩落，把她困在冰堆裡，再也別想出來。還有，海上吹著風。考克斯正常的泳速大約每小時兩結，然而變化無窮的海流隨時可能製造出超過兩結的逆浪，換句話說，如果情勢不對，考克斯怎麼努力游都無法前進，甚至會被海流推著離岸越來越遠。

游泳對人類最大的挑戰，不是如何浮在水中，而是如何保持身體溫暖。在低於體溫的水中，我們的血液一傳送到皮膚表面，就快速降溫。這些「冷血」必須在送回心臟循環的過程中加溫回升到正常程度，才能維持肢體正常活動能力。為了避免體表的快速失溫，身體會自動調節，減少往血管末端輸送的血液。然而其附帶效應就是肌肉容易缺氧，而且末梢神經細胞進入停滯、萎縮狀態。如果體表喪失溫度的速度持續高過體內循環境溫的能力，那麼到一個點上，送回來的血液溫度過低，將導致心臟無法正常運作，人就瞬間昏迷，再也醒不過來了。

這當然不是開玩笑的事。這也說明了，游上南極大陸，對每隻企鵝來說是何等輕鬆容易的事，但人類，嗯，還真沒人敢嘗試。

琳·考克斯不是等閒之輩，她真的不是一般人。她十二歲開始專注於海泳。十四歲，她游過南加州外的加塔利納海峽，花了十二小時又三十六分。接著，十五歲時，她就挑戰長泳者的聖地——英吉利海峽。橫渡英吉利海峽，至少要游二十五哩以上，看海潮狀況和選擇的方向而有不同。和加塔利納海峽相比，英吉利海峽的海水冷多了。夏天時，英吉利海峽水溫維持在攝氏十二度到十五度之間，比加塔利納海峽低了四、五度。然而，第一次參加英吉利海峽橫渡大賽，琳·考克斯就以九小時五十七分的成績，打破歷來不管男女選手留下的紀錄。那是一九七二年。一九七三年，一個成年男泳將，超越考克斯的紀錄，不甘心不服氣的考克斯一九七四年再度參加英吉利海峽大賽，這回她將紀錄推進到九小時三十六分。

然後她對英吉利海峽沒興趣了。一九七五年，頂著最高達到九呎的浪頭，花了十二小時，她成為第一個從紐西蘭北島游到南島的女性。一九七六年，她游渡麥哲倫海峽；

一九七七年，她繞著好望角游了一圈；然後又去波斯灣，從埃及這岸游到以色列那岸，再游到約旦境內的海岸。一九八七年，她祇花了兩小時，就游渡白令海峽。那一年她三十歲。

麥哲倫海峽和白令海峽都是水溫很低的海域。科學家當然好奇琳．考克斯為什麼能夠不失溫。游渡麥哲倫海峽時，在一般人感受的冰水裡游了四小時，她的體溫非但沒有下降，竟然還從華氏九十七度升到一百零二度。在科學實驗中，琳．考克斯和一群人泡在不到攝氏五度的冰水中，祇能揮動雙臂。結果發現考克斯的體溫只在開始時下降了一些，隨後恢復而且維持正常，一個半小時內不曾再有什麼變化。一起參與實驗的人，祇有另外一位沒有失溫，那是一位冰島的漁夫，那人曾經遭遇海難，全船人員祇有他一人倖存。

毫無疑問，琳．考克斯天賦異稟。然而知道自己在海中比別人能力强得多，考克斯還是繼續探索自己的極限。所以才會在超過四十歲後，決定挑戰南極洲海域。

毫無疑問，琳．考克斯天賦異稟。不過為了短短二十多分鐘的泳程，她花了整整兩年做訓練準備。為了不讓頭部及胸部太快失温，她强迫自己練習抬頭蛙姿勢游泳，使頭及大半胸部全程露在水面以上。如果用力大動作踢水，那麼下半身體表與冷水接觸的面積將巨幅增加，於是她還必須盡量少動腿部，幾乎全憑手臂划水來前進。

她找了很多專家分頭研究幫她的忙。重量訓練專家幫她增強肌力，以使她游得更快，製造出更多體內熱量。醫學專家隨時檢測評估她的身體狀況。還請教了動物專家，理解企鵝如何保暖以及在水中快速運動的祕訣，為了向企鵝看齊，考克斯刻意留了長髮盤在泳帽裡，用來存留空氣保暖；她還讓自己增胖將近十公斤，儲備足夠的脂肪。

當然，還要有對南極洲環境下過工夫的專家，建議她選擇什麼地點，在怎樣的條件下入水游泳。考克斯正式游向南極大陸時，她身邊環繞了三艘載滿助手的小艇，有的負責幫她計時算距離，有的幫她觀察浮冰指引方向，有的預備提供必要醫療支援，還有的為了在她上岸後立刻幫她擋風換衣服，並以體溫幫她恢復身體正常狀態。

如此大費周章為了什麼？為了證明人類可以做到南極企鵝輕而易舉就可以做得到的事嗎？不是，為了滿足琳．考克斯的冒險精神。這是最大的目的。美國那個社會，廣義來說，現代西方社會隨時準備支援協助像琳．考克斯這種具備冒險精神的人。他們不會輕蔑地問：「游到南極去幹嘛？」他們祇問：「怎樣才能突破層層難關，游上南極大陸？」克服困難做到別人做不到的事，這過程本身就是價值，就是意義，也就是目的。

冒險不是暴虎馮河，別人不敢做的事你敢做。冒險的真義是成功克服別人克服不了的困難。追求成功，所以也就要仔細設計規畫，一點都莽撞不得。別搞錯了，真正的冒險家，個性不會衝動到哪裡去的。用這種標準看，我們不妨做點思考演練：有冒險精神的社會，跟沒有冒險精神的，會拉出怎樣的差異差距？台灣這個社會，有還是沒有冒險精神呢？我們需要還是不需要冒險精神呢？

觀念23

邦交國

中華民國外交部網站資料上顯示：我們在非洲的邦交國聖多美普林西比，人口約十六萬人（二〇〇三年統計資料），二〇〇一年國民生產毛額四千兩百萬美元，平均國民所得兩百八十美元，二〇〇二年對外輸出總值五百零三萬美元，輸入總值卻達三千一百四十萬美元。我國與聖多美普林西比的經濟互動規模，二〇〇二年前十個月，我對聖多美輸出金額兩萬三千八百六十二美元，輸入總額則祇有七百二十三美元。

不過藏在這些數字後面，外交部該告訴我們，卻沒有說的是：中華民國每年提供一千萬美元的援助給聖多美普林西比，這筆錢幫忙讓該國生產毛額「激增」三分之一，也成了該國政府預算歲入項目中，最大的一筆。

聖多美普林西比位於非洲幾內亞灣上，十五世紀葡萄牙人航海發現時，這是一群無人居住的雨林小島，充滿了鱷魚、眼鏡蛇，並有著全世界最多元豐富的蕨類植物。葡萄牙人開始以這些島嶼當非洲奴隸被運往巴西的中轉站，部分奴隸主順便就開發起以種植可可亞為主的莊園。一九七五年，葡萄牙發生政變，軍事獨裁者薩拉查被推翻，聖多美乘機宣告獨立。獨立之際，聖多美有十萬人口，其中大約兩千多人是葡萄牙殖民者。為了擔心獨立後被報復，這些葡萄牙人在短短幾個月內紛紛打包逃離，一時之間，聖多美原有的經濟結構瀕臨崩潰。為了支撐新興獨立國家，聖多美的領導人向蘇聯求救，到八〇年代初，聖多美到處都是蘇聯、中國與古巴派來的顧問，就連國家安全，也都是由親蘇聯的安哥拉派軍隊負責保護。

獨立初期，聖多美的人口中，七三%是文盲。包括當時才祇有三十七歲的總統算進去，全國受過大學教育的人，兩手十根手指頭就可以算得完。在蘇聯協助下，聖多美政府將所有可可園收歸國有，中國政府幫他們蓋了全國最大的建築物——國會大樓，古巴派來了醫生、老師、軍事教官，還提供了數百名獎學金讓聖多美青年到哈瓦那留學，至於東德則出錢建造了聖多美唯一的一座釀酒廠。不過到八〇年代後期，共黨集團泥菩薩過江，自身難保時，聖多美一看風頭不對，就轉而和西方國家打交道了。一九八七年，國際貨幣基金和世界銀行聯手介入，出錢讓聖多美進行「經濟結構調整」，兩年後，美國國務院在聖多美普林西比境內立起了大轉播站，「美國之音」對非洲廣播的音波，都經由聖多美傳送。

不過國際貨幣基金、世界銀行和「美國之音」，都沒有能力真正幫聖多美創造繁榮。就在這時，有錢卻又嚴重缺乏盟邦的中華民國介入了，十多年來，中華民國的外交預算實際維持了聖多美的經濟骨幹。

不過這種狀況，這幾年有了變化，而且可能會發生重大變化。地質探測顯示，聖多美普林西比海域，蘊藏著豐富的石油。與聖多美相鄰，多次有過海域界線紛爭的奈及利亞，目前每天生產兩百萬桶原油，其中超過一半銷往美國。隨著深海探油技術快速進展，石油公司探勘人員對聖多美海域越來越感興趣。其中最樂觀的估計，主張聖多美的藏油，一旦開發成功，「可以用日產五十萬桶的速率，源源不絕連續開採兩百年」！

這個目前在世界經濟光譜上，倒數排行的國家，幾乎已經確定會在幾年中，翻身變成富國。聖多美普林西比成為下一個汶萊，指日可待。

噢，這些訊息，外交部的網站上也沒清楚告訴我們。當然更不會提：在龐大石油財富的預期下，環繞著聖多美的種種國際勢力大競逐。

從美國以降，各種勢力都參與了競逐，最近油價飆漲，當然更助長了競逐的熱度。最近幾年，一直有傳言，美國將在聖多美建立軍事基地。為何不？美國是全世界頭號石油消耗國，急需尋找新的油源，避免動用自身的油藏，如果能控制掌握聖多美的石油資源，還可以大幅減少對於中東，尤其是沙烏地阿拉伯的依賴。和中東的石油供應脱鉤，美國的單邊外交作為空間，顯然可以大大解放。

不過美國打的如意算盤，不見得能得逞。誰能抵抗美國？俄羅斯、歐盟、日本、還是新興的中國？都不是，是二十一世紀真正唯一敢違背美國意志的勢力——跨國石油公司。幾乎所有大石油公司，都投注了資本、精力，在幾內亞灣積極活躍。

還有非洲當地的政治局勢要列入考慮。聖多美普林西比國內正規軍，上上下下總人數，祇有兩百人。可是他的鄰國奈及利亞，卻有既龐大又兇殘，而且經歷對內對外殺戮戰爭的軍隊。奈及利亞之於聖多美，簡直就像是阿拉伯世界伊拉克之於科威特的翻版。

奈及利亞對聖多美的圖謀，日益表面化。聖多美本身實在沒什麼條件對抗奈及利亞。聖多美政府裡的官員，從總統以下，每個人幾乎每年都要因為瘧疾發作請長假休息。儘管二〇〇二年訪問聖多美普林西比時，陳水扁總統特別承諾加碼金錢物資援助，要幫忙徹底解決聖多美的瘧疾問題，不過至今成效還頗有限。光瘧疾就能癱瘓聖多美政府，其他就不必多說了。

美國雖然在此有巨大利益考量，不過利益還埋在海底石頭間，沒有條件沒有足夠動機，讓美國在此時有大動作。可是誰知道，兩三年角力下來，等到石油真正開採出來時，聖多美會變成什麼模樣？

這裡顯然正在發生一個足以改變二十一世紀國際態勢的大故事，故事的核心主角，正是我們少之又少的外交盟邦之一。我們常常不屑於有邦交的國家都是「小朋友」、「黑朋友」，可是當其中一個「小朋友」正坐在數一數二的大故事上時，我們又有能力參與或理解嗎？

沒能力參與，是我們自己做為小國的宿命，可是怎麼會連基本理解、關心的視野都沒有了呢？

現實、勢利與犬儒態度，長期來完全腐蝕了這個社會的外交視野。我們總共才幾個邦交國？可是從外交單位、新聞媒體到社會大眾，都抱持著嘲笑、冷漠的態度看待邦交國，沒有一個邦交國，我們真正付出過關心、真正認識的。別人都將視焦聚集到幾內亞灣上來時，我們的電視台、報社，沒派過一個記者，到邦交國去做過任何一則深入報導過。國內沒人關心，外面也就不會有壓力，在這種關鍵時刻藉盟交情誼，看守乃至擴張我國在此區域的經貿、政治利益。沒有視野，不會有外交。沒有關懷，不會有視野。沒有對世界的好奇，也就不會有建構外交策略所需的巨視關懷。

觀念24

懷舊

台灣的家長，大概不外兩種。一種希望給小孩「對的童年」，另一種希望給小孩「快樂的童年」。「對的童年」，就是把握時機拚命學習，以求盡早領先別人的態度。這種小孩生活排得滿滿的，要上學要寫功課，還要補英文補數學補作文補舞蹈……的確，這樣的童年，大概快樂不到哪裡去。

主張應該給「快樂童年」的家長，多少有點看不慣甚至看不起「對的童年」那一派。他們强調「童年祇有一次」，不想給孩子任何壓力，要送他們去森林小學，祇能接受「啓發教育」，而且要對小孩輕聲細語，不能有一點强迫或壓抑。

「幹嘛不讓孩子快樂？」這派家長習慣理直氣壯地問。是啊，這樣教小孩，小孩是會快樂得多。然而人類至今還沒有辦法設計出完美的，祇有優點沒有缺點的教育方法，度過「快樂童年」長大的人，難免也要承受「快樂童年」帶來的後遺症。

西方發展心理學就探討過「快樂童年症候群」。「快樂童年症候群」起源於「快樂童年」畢竟要結束。曾經有過「快樂童年」的人，一旦開始被迫獨立長大，開始有了生活上種種壓力，無可避免懷念起那無憂無慮的童年歲月。

童年無法再來，童年快樂記憶卻揮之不去，「症候群」於是主要表現為一種心理的空虛與失落。每一個新的日子，對困於「快樂童年症候群」的人而言，不是新鮮經驗的累積，不是新鮮機會的開展，而是一次次痛苦的失落襲擊。在和那記憶的童年快樂相比，現實多麼貧乏！現實的每一個日子，和過去對照而彰顯其「匱乏」的本質，殘酷地提醒著童年不再的事實。

這種人的時間中的主客關係，和別人相反。一般人會因為現實刺激蜂擁而來，逐漸淡忘了過去的記憶。越近的現實，在成長意識裡越重要，越久之前的記憶就不斷被推到意識邊緣去，愈來愈模糊黯淡。活在「快樂童年症候群」裡的人，卻是越活記憶越重要、越鮮明。現實中的任何痛苦，都讓他追想起童年的快樂，讓那快樂更鮮明。就算現實中有了什麼快樂，也都還是引發他童年同類快樂的記憶，現實快樂成了記憶童年快樂的抄襲仿製品，他真正享受的不是現實快樂，而是現實快樂挑激起的童年快樂記憶。

現實與記憶的反覆對比映照，終致使得童年「純粹化」，變成一切快樂的具體聚集，任何現實裡的痛苦，都能在童年記憶中找到安慰與治療；任何現實裡的快樂，也都能喚起童年記憶裡更巨大更「純粹」的快樂。記憶非但不會褪色不會消逝，還會愈來愈清楚、愈來愈重要。那麼清楚、那麼重要的記憶，慢慢也就分不清楚哪些是真的從童年經驗傳留下來，哪些是後來陸續自我演繹、想像增加上去的了。

活在這種狀況裡的人，會隨著現實而改變其記憶。因為記憶才是他們生命的本體，他們總是訴諸記憶才能處理現實經驗。對他們而言，現實是「失落」，現實給他怎樣的不愉快，他就會轉而在過去記憶裡求討補償。

例如說，現實裡的貧窮，會引發他「記得」童年的富裕。現實裡如果不得人緣、遭到排擠，他就會「記得」童年時周圍每個人都多麼喜歡他，將他當作寶貝。如果現實裡求取不到暗戀的人青睞，他就「記得」小時候怎樣揮霍、甚至辜負別人對他的愛。

歷史上最有名的「快樂童年症候群」表現，首數普魯斯特的《追憶似水年華》吧！普魯斯特將自己關在房子裡，藉由寫作同時將自己關在記憶中，鉅細靡遺地召喚、記錄童年的種種。有人質疑他怎麼可能有那麼好的記憶力，不過這種質疑實在是搞錯方向了，像普魯斯特這種人，記憶就是存在、記憶就是一切，他真正活在記憶中，也祇能活在記憶中。

《追憶似水年華》書中，普魯斯特不祇記憶，而且記憶過去的記憶、記憶關於記憶的記憶，分析探討記憶，記憶分析探討記憶的記憶，層次之多之複雜之細膩，令人歎為觀止。

《追憶似水年華》因而是文學史上最偉大的懷舊文學成就。懷舊，nostalgia 這個字拆開來看，指的就是「關於過去的痛苦」，或「因過去而帶來的痛苦」。的確，儘管普魯斯特記載了那麼多童年往事的快樂，然而潛伏在敘述底層，畢竟永遠有著那拋擲不去的痛苦，失落的痛苦，當快樂變成記憶，也就意謂著快樂的失落；而當記憶成為生活最重要的快樂來源，也就意謂著人無法從現實、當下體驗快樂了。

閱讀《追憶似水年華》，讓我們驚異於人的記憶世界，原來可以豐富到這種地步，然而卻也讓我們慶幸，還好大部分的我們，都有一定程度的現實可供立足依恃，不可能也不需像普魯斯特那般，靠著擁抱、剪裁乃至吮食記憶，才有辦法活下去。

閱讀《追憶似水年華》，探索個人的「懷舊」情緒，還應該讓我們思索：那麼在社會、集體的層次上，記憶又如何產生、如何消逝、如何再製、如何浮顯、如何變形？

在我們這個社會上，不是也有不少人以不同形式，展現出集體的「快樂童年症候群」跡象嗎？有一群人，他們的「快樂童年」是日本時代，他們一直藉由建構一套日本時代記憶，來抗拒洶湧來襲的現實挫折。日本殖民統治結束，對他們而言，正是失落的開始。

現在不也有另外一群人，以國民黨時代為其不可復歸的「快樂童年」嗎？他們想起那個時代的經濟奇蹟、治安平靜、風俗樸實，對照了現實的種種不堪。對這些人而言，政黨輪替才是失落的源頭。

我們有「失憶」與「失憶政治」，另外這個社會還有「懷舊」與「懷舊政治」。懷舊中的痛與樂，有時候或許比誰當總統誰當主席，更關乎台灣政治往哪裡走、演化為什麼樣的權力結構呢！

觀念25 影子

阿拉伯語中有一句諺語：「你不可能讓一根彎曲樹枝的影子變直」。

這句話出現在與賓拉登並列「九一一」主謀的埃及伊斯蘭聖戰派領袖薩瓦希利（Ayman al-Zawahiril）的宣言中。在那份刊登在倫敦的阿語報刊的宣言裡，薩瓦希利用這句諺語試圖說明伊斯蘭聖戰組織的重大策略轉彎：他們以前認定最主要敵人，是埃及親西方親美的政府，所以把精力都花在暗殺、懲戒埃及內部政治人物上，然而成功除掉了沙達特，穆巴拉克上台後，埃及還是沒有機會變成一個伊斯蘭神權國家。因為埃及其實祇是美國政策的傀儡，就像光線照射下呈現的影子一般。如果樹枝是彎的，我們怎麼努力怎麼搞，影子也不會直的。唯一的辦法，就是對付樹枝本身。美國，而不是阿拉伯世界的其他人，才應該是伊斯蘭聖戰要對付的。

情報顯示，薩瓦希利的主張，對賓拉登產生了巨大影響，隨後賓拉登發出了更驚人的宗教命令，要求全世界伊斯蘭教徒任何時刻任何地方，都有義務在能力範圍內攻擊、傷害美國人與美國財產。這是「九一一」事件的背景。

我們可以說，薩瓦希利聰明地利用了一個簡單的比喻，成功推銷了恐怖主義行動的新路線。實體與影子，是多麼簡單而普遍的關係，然而卻又曾被賦予多麼深邃的隱喻力量。

歷史上最有名的，當然是柏拉圖的比喻。柏拉圖視所有現象，都祇是完美觀念典型的不完美複製。他比喻：我們像是一群背朝洞口的穴居人，祇能看到陽光打進來投射在洞壁上的種種影子變化。我們誤以為那些影子就是現實本身。哲學的功用，就是讓人「由影返真」，轉過頭來看見陽光下真正在動、在變化的世界。

進入中世紀之後，基督教系統中，可能沒有人還記得那名叫柏拉圖的異教哲學家，然而這卻無損於「影子論」的普遍傳流。「影子論」大有助於教會宣傳、解說「上帝的國度」。信奉基督教可以進入「上帝的國度」，可是「上帝的國度」是什麼？為何可欲？如果「上帝的國度」根本不能激起人的嚮往之情，誰要信基督教、誰要聽從教會規定交出世俗財產來呢？

任何具象的描述都有其限度，也就都比不上「影子論」來得有力。「上帝的國度」與我們所在的世界，就像實物與影子的關係。你所見所聽所感的一切，美好享受與痛苦折磨，都祇是「上帝國度」的影子。換句話說，「上帝國度」裡的一切，比世俗真實百倍千倍。那裡的甜是真正的甜，那裡的苦也是真正的苦。每個人都可以從自己的現實經驗，回推想像：如果這祇是影子，那真實的該會如何？「上帝的國度」不需要一一由教會描述，它鮮活地呈現在每個人想像力能屆的最遠處。

影子是本體的扭曲、墮落呈現，追逐影子是無謂無妄的舉措，這樣的觀念，藉希臘哲學與基督教神學，成了根本的觀念。

然而這種簡單、清楚的「影子論」，卻在十九、二十世紀，發生了重大轉折、變化。「影子革命」最早由美術技藝開啓其端。文藝復興以降，繪畫上就發現了用影來顯示光的技巧，一路發展到「印象派」出現，對於光與影的變化追索，到達極致。同樣的物體可以在不同光影下，呈現完全不同的面貌。在視覺上，光影而不是物體本身，才是真正的決定因素，藝術家模寫的，根本不是物件，而是光影色彩！

曾經跑到藝術之都維也納，立志要當個畫家卻鎩羽而歸的希特勒，或許就是從印象派的原則中獲得靈感吧，回到德國投身政治之後，希特勒創造了二十世紀最驚人的「象徵政治」。

希特勒的法西斯主義與義大利墨索里尼的法西斯主義，最大的不同，就在希特勒大量運用了象徵代現的手法，把政治權力灌注到人民生活的各個角落裡。

線條簡單清楚的納粹旗幟，是權力的象徵。獨特的舉右臂手勢是象徵。「Heit Hitler!」的群眾齊聲高呼，是象徵。納粹集會中少不了的會場布置、燈光，也是象徵。甚至連蓋世太保的制服、德軍戰車上的鬆漆顏色，都是象徵。

象徵無所不在，就讓人感覺納粹與希特勒的權力無所不在。日常生活裡反覆不斷向權力象徵表達效忠，也就大幅、有效取消了人民對權力本質的懷疑或批判能力。

換句話說，在希特勒的法西斯國度裡，到處是權力的影子，影子比權力本身還要重要，權力的影子不只是取代了權力的實際，進而權力的影子保障了權力實質不再能被捉摸、掌握。

廣義地看，所有的政治系統在這一點上，都逃不掉納粹與希特勒的影響，也都是納粹與希特勒的繼承者。法西斯的仇敵共產主義，大量學習希特勒建構象徵政權、影子權力的方法，法西斯的另一個仇敵——資本主義民主國家，一樣大量學習希特勒建構象徵政權、影子權力的方法。伊斯蘭基本教義派的薩瓦希利，引用古老的阿拉伯諺語，抗拒著二十世紀「影子比本體重要」的潮流，想要恢復「影子必須依隨本體」的舊觀念呢！

狹義地看，中國國民黨的政治運作，本來就有強烈的法西斯成分。在國民黨當年的威權體制裡，也充斥了許多符號、圖騰，做為介入人民生活的象徵箭頭，沒有這些影子，國民黨的政治權力，不可能膨脹得那麼大，看起來那麼龐大。

國旗、國徽、黨徽，都曾經是國民黨權力的重要影子。許多人到今天看到這些影子，仍然會本能地興起對權力的敬畏之感。因此也有許多國民黨人，至今仍以為、仍相信這些影子具有權力的作用。

然而時移事往，國民黨根本已經失去了其權力的本體，光靠這些權力的影子能幹什麼用？與其花時間費力氣跟陳水扁爭影子，不如思考思考阿拉伯諺語反映出的古老智慧吧：「你不可能讓一根彎曲樹枝的影子變直。」

觀念26

影響

一九六五年，當哈洛・卜倫（Harold Bloom）還不是名滿天下的學者，更不是重要暢銷書如《西方正典》、《莎士比亞》的作者，祇是個大學裡教書的年輕教授時，他經歷過嚴重的憂鬱低潮。

他所受的訓練，文學與文學批評，指示了他一條自我治療的途徑，他每天從早到晚埋首在愛默生和佛洛伊德的作品裡。他甚至在研究所開了一門關於佛洛伊德的討論課。

經過了兩年和憂鬱低潮的奮鬥，一九六七年的一個夏日，卜倫在恐怖的噩夢裡，看見了一隻張開巨翼的怪物。那怪物絕不屬於這個世界，像是從《聖經》裡或布雷克的詩裡飛出來的般。噩夢中驚醒，卜倫發現自我重新拾回了寫作的衝動與能力，他看見在西方詩學詩史上，盤據著夢中的那隻巨翼怪獸，他要將那怪獸捕捉、記錄下來。

卜倫花了六年時間，才寫完了薄薄的一冊《影響的焦慮》（*Anxiety of Influence*）。那真是一本「噩夢之書」，裡面充滿了卜倫艱難彎曲的詩學詮釋，以及介於文學與哲學間的反覆自我辯難。奇怪的術語、冷僻的典故觸目皆是。

這本書還沒出版前，就在文學批評圈子裡不斷引起議論，大家都聽說卜倫要建構一套全新的詩學。書甫出版，卜倫特別針對書的主題內容做了一場演講，會場擠滿了同行、學生，可是等到他們聽完演講要離開時，大部分的人低頭竊語交換共同意見——「他在講什麼，為什麼我都聽不懂？」甚至在書出版一年後，卜倫自己重讀，他都忍不住驚歎：「有一些地方我不怎麼看得懂！」

這麼困難的書，卻成了學院裡的必備讀本，一個理由是，這書雖然難，題目卻簡單得很。許多人不見得讀得懂、甚至不見得讀了，都可以拿著書名望文生義，自己想像。還有一個理由是，卜倫在書中用了一些格言式的句子，即使讀不懂、沒有讀書的人，都可以輕易記得、琅琅上口。例如傳誦最廣的這一句：「沒有詩，祇有詩與詩之間的關係。」

透過對書名的想像、透過幾句格言的提示，這本艱難的書就被用簡化的方式掌握了。許多文學系的學生、甚至文學系的教授相信：卜倫這本書的突破之處在於——不再孤立地研究某位詩人某些詩作，主張「詩學」其實祇存在於詩人與詩人、作品與作品之間，詩人往往都是為了呼應其他詩人，尤其為了擺脱其他詩人對他的影響，而決定去寫出什麼樣的詩。如果不瞭解「影響」與「影響的憂鬱」，我們就不能瞭解詩人對於風格、題材的選擇與呈現。

在簡化版的理解中，卜倫最大貢獻乃是將佛洛伊德關於「伊底帕斯情結」的研究，挪用在詩史的探索上。每個詩人都是一個原型的伊底帕斯，必須經歷「弒父」的戲劇性儀式，才能完成自我。詩人所弒之「父」，當然就是對他影響最大最深的前輩或同代詩人。不願承受這分影響，對受影響此一事實的焦慮，操控了詩人的寫作策略。

這樣來認識卜倫的《影響的焦慮》，不能算錯。事實上，光是這樣簡化了的理解，就足以在七〇、八〇年代掀起一波「影響研究」的新興文學史運動，波瀾壯闊，成就斐然。不過用這種方式談論《影響的焦慮》，卻忽略了卜倫另一角度的真正洞見，他不只要指出「人人都需弒父才能建立自我」的現象，他還深入分析了不同詩人不同的「弒父策略」。《影響的焦慮》艱澀難讀的部分，正是卜倫努力想要透過詩深入詩人心靈，挖掘出他們處理「影響焦慮」、克服想像中的父親權威形象，達致發出「自我」獨特清脆聲音的隱晦過程。

在《影響的焦慮》背後，是卜倫在低潮時期對浪漫主義的幻滅。卜倫不再能追隨著布雷克，相信人可以靠詩與浪漫精神得到自由、重造世界。他現在相信，人充其量能夠得到的祇是朝向自由的掙扎。詩與浪漫主義精神，最大特色不在「得到自由」，而在「不接受不自由」。浪漫主義詩人不斷朝著自由奮進，雖然他們注定永遠到不了自由的彼岸，他們卻永不放棄地想方設法要讓自己、讓別人相信：「我擺脫了不自由」。

前輩詩人的風格，是他們賴以認識自由的依據，卻也必然將成為他們需要擺脫的「不自由」。他們不可能真正離開影響的來源，所以需要狡猾、甚至粗暴的策略來伸張自我。聰明的詩人，被卜倫認為值得研究的詩人不會丟掉自己認為最好的前輩與佳作，為了擺脫「影響焦慮」，而讓自己失去得自前輩、傳統的資源。相反地，他們刻意「誤讀」這些前輩的作品，他們用自己的作品設下種種陷阱，要讓後世讀者以為：喔，其實這種風格是他先創的，前輩反而是模仿他的。或，表面看來相似的風格，其實有不同的來源，先走的反而走了錯的路，後來的才配稱為這種風格的開創者。或，先行者本來沒走通、走不通的路，還好有後來者才能予以發揚光大。

在狡獪、冷靜的挪用、混同、構陷中，詩人才真正擺脫「影響焦慮」，昂揚起自己獨立的精神，成為一個獨立的聲音，一個獨立的自我。

如同浪漫主義時代的詩人，台灣社會也一直想要尋找自己獨立的精神，想要發出獨立的聲音，建構獨立的自我。

我們過去長期活在別人的陰影下，做為中國、日本、美國文化影響的產物存在。這的確是我們追求精神自由、社會個性獨立的最大障礙。擺脱影響、超越影響，是樹立一種「台灣精神」必得要做的事。重點不在要不要擺脱影響，而在於如何擺脱影響。

有一股力量似乎宣告著，要擺脱影響，就要消去中國文化的任何痕跡，「去中國化」如火如荼地展開，順帶掀起了一種「反中國」的價值標準——任何和中國沾上邊帶上關係的，就是壞的；相反地，任何與中國無關的，就是好的。

這看來就像是祇讀懂了「簡化版」《影響的焦慮》做出的反應。以為唯有袪除了影響，才會有自我。問題是，將最重要影響來源割掉了，這樣誕生的自我，難道不會太單薄而且太原初了嗎？如果那些詩人們都用這種手法來解決焦慮，那詩史也就不成其為前後相啣的「史」了！

才沒有多久之前，台灣文化精神的路徑，才試圖將「台灣是中國的一部分」扭轉為「中國是台灣的一部分」，台灣是個大集合體，而中國文化是且祇是構成台灣集合體的一個重要部分。宣告「中國是台灣的一部分」，正是要重塑影響系譜的策略，要讓台灣比中國更豐富更美麗。然而現在主政掌權的這些人，字典裡似乎都找不到「豐富」、「美麗」一類的字眼了，他們在意的僅限於「台灣不是中國的一部分」。好吧，當台灣真的不是中國一部分，當台灣排除盡了所有影響之後，那台灣是什麼？誰來告訴我：「台灣是什麼？」

觀念27 民族國家

彼得・杜拉克在回憶錄《旁觀者》寫到他的奶奶要出國，在邊境的海關辦公室裡，對著不耐煩的辦事員，突然將四本護照丟在他的桌上。辦事員大吃一驚說：「沒有人能拿到四本護照的！」杜拉克的奶奶反問：「難道我不是人嗎？」辦事員被打敗了，換上平和的語氣說：「可是我祇能在一本護照上蓋章……」杜拉克的奶奶突然又發飆了：「你的意思是我得自己挑選一本嗎？你是個受過教育的男人，而且還是個官員呢，我祇是個笨老太婆，你為什麼不幫我挑一本，讓我在兌換匈牙利貨幣時，得到好一點的匯率呢？」

這位奶奶當然不是什麼「笨老太婆」。她把海關辦事員整得服服貼貼的，幫她選好護照、蓋好章，甚至還半自動半被迫地幫「笨老太婆」和她的孫子提了笨重行李過海關。

這段小插曲，後面藏有重大的歷史變化意義。首要的意義，杜拉克講得清楚明白：「在一九一八年以前，沒有人持護照，更沒聽過所謂的簽證。原本通行無阻的世界，突然間變得沒有護照與簽證就寸步難行……，在帝國分裂後的幾年間，新成立的民族國家特別制訂嚴格的出入境法刁難來自鄰近國家的旅客。」

是的，「民族國家」，這個在今天成了組構世界最基本的單位，這個普遍平常到如同空氣般不被察覺的東西，其實是人類歷史上非常晚近的產物，第一次世界大戰之後才確立其地位，不折不扣，標標準準二十世紀的新鮮玩意。

在從前帝國的時代，國家疆界沒那麼重要，國民身分沒那麼重要，什麼樣人有資格在這個國家裡接受什麼樣待遇，更沒那麼重要。那個原本兇巴巴的海關辦事員為什麼輕易被老奶奶馴服了？因為民族國家新規定，明明每個人祇能是一個國家的國民，祇能拿一本護照，眼前怎麼會冒出四本護照來呢？他錯亂了。那老奶奶怎麼弄到四本護照的？因為新制度還沒那麼完備嚴密，她聰明地運用了殘留舊制的漏洞。她還聰明敏感地意識到新興民族國家的差別待遇原則，所以才將四本護照並陳共列，要海關辦事員幫她選一本入境匈牙利最有利的。

帝國時代，帝國境內的人民當然不可能受到完全平等的對待。然而民族國家興起後，用更嚴苛的眼光檢視、篩選國家境內的人民。理由無他，第一，民族國家的國民身分具有高度獨占性，是這國就不能是另一國；第二，國家認定了國民應該都屬於同一個民族。

民族國家疆界一畫，同時也就規定了這個國家是屬於什麼民族的。這樣一來，國境內其他民族的人就倒楣了。亞美尼亞人在鄂圖曼土耳其帝國境內生活了多少世紀，可是當土耳其轉型變成一個「現代」國家時，亞美尼亞人就被驅逐了，他們不受歡迎的程度到了：如果不肯走，土耳其人就覺得有資格、甚至有義務將他們全數殺光。

猶太人幾千年不曾建立自己的國家，他們散居在歐洲好幾個世紀，在眾多基督徒中繼續奉行他們自己的猶太教。很刺眼，是的，但畢竟也幾百年相安無事。可是民族國家一興起，他們就麻煩了。以前，沒有一個國家是他們自己的；現在，沒有一個國家允許他們繼續居留。

希特勒上台以後的德國，反猶情緒最高，把猶太人趕出去的呼聲也最響亮。不過起初行動的目標是「驅趕」而非「屠殺」。然而進一步的問題就來了：舉世滔滔都變成了民族國家，猶太人能去哪裡？哪一個國家願意接納他們？納粹想盡辦法欺壓猶太人，要逼猶太人離開，卻有眾多猶太人完全無處可去，於是在戰爭激情下，德國人開始了匪夷所思的「種族徹底清滅」的「最終解決」。

將近六百萬猶太人在德國人手中殞沒。這項不堪描述的事實，堅定了猶太人建國的決心。沒有國就不會有家，這成了二十世紀民族國家打造的鐵律。以色列在巴勒斯坦「復國」，於是巴勒斯坦人無處可去了。

為了實踐自己的「亞利安民族國家」，德國成了最邪惡的加害者；不過很多人忘了，二次世界大戰結束後，德國人本身也成了民族國家的受害者。沒有人再相信那麼廣義的「亞利安民族」是適當的國家基礎，更細部的匈牙利、保加利亞、捷克民族等取而代之，於是在這些新興民族主義眼中，不管因任何理由而來到他們國家的德國人，就成了「異類」。這些「異類」，一部分被遣送回了德國，可是更大一部分在戰敗德國根本無法提供任何保護的情況下，慘遭屠殺葬送。這樣喪命的德國人，應該也在數十萬人之譜。

二十世紀人類新發明的名詞中，有一個是「種族清理」（ethnic cleansing），另一個是「種族滅絕」（genocide），在這兩個名詞下可以列出的重罪，簡直驚人。一直到九〇年代，有蘇聯瓦解後引發的連環效應，前南斯拉夫境內，依種族、宗教界線殺成一片，還有非洲盧安達數十萬人遭到強暴、屠殺的慘劇。

這樣的歷史製造了什麼？製造了一個越來越符合「民族國家」想像的世界。經過人口交換、清算、強迫改宗，這個世界中還存在多種族狀態的國家大幅減少了。可是如此就能讓二十世紀的「民族衝突」從此絕跡嗎？

不能。因為一種「民族計較」的心態已經在每個人心中種下了自以為是的模式。即使在舊標準下已經祇剩「單一民族」的國家，人們也會去發明出新標準，做更詳細的分別。方言之間的差異，生活習慣與歷史記憶的差異，很容易就被上綱成為「民族」矛盾，成為應該用國家力量來驅離、清理的異類。

而且也就在犧牲掉上千萬性命才造成的全面「民族國家化」版圖上，又有了因商業貿易利益帶來的「全球化」趨勢。「全球化」促使人們再度開始流動，跨國企業、跨國勞工、跨國難民雖然基本仍在民族國家的規範下拓展其勢力，然而長遠看這些現象將製造許多國家的內部緊張，進而終將挑戰、顛覆民族國家的邏輯。

我們活在民族國家的價值裡，我們也都隱隱感受了「民族計較」與「全球化」帶來的壓力。至少我們應該理解民族國家這些邏輯過去曾經讓人類付出了多麼昂貴的生命財產代價，才能在面對下一波巨變時，避免再有那些血腥、可怕的事情發生。

觀念28 認同

一九一三年夏天，猶太人羅森茨威希（Franz Rosenzweig）經過相當時間的考慮，決定放棄自己的猶太信仰、猶太身分，改信基督教，他的理智與理性說服他，《新約聖經》是對的，耶穌基督代表了唯一的、絕對的道路。

羅森茨威希的理智、理性，其實是十九世紀最流行的黑格爾哲學中所展現的理智與理性，整個德國、甚至整個歐洲，籠罩在黑格爾哲學的影響下，青年們都相信，人類的歷史是有方向、有目的的，表面上看起來的曲折、倒退，其實祇是「辯證法的欺瞞」，歷史依照辯證法「正反合」步驟推展，而主宰、控制辯證法的，是觀念、是理性、是觀念理性的自我實現。

國家是理性精神最新階段的表現，黑格爾主張，在這個階段中，任何與國家精神牴觸的東西都落伍了，將遭到歷史無情輾過。依照黑格爾評判，人類產生過的所有宗教信仰與崇拜系統，祇有基督新教可以和國家精神並存並容，基督新教和國家一樣，主張基於個人意志有機結合的集體神聖性，集體之所以神聖，正因為來自個人；個人可以介入那神聖創造，正因為依循著某種神祕法則，個人依照其自由意志，竟然能結合成集體的新教教會，以及在世界上掌控、執行巨大權柄的國家。

羅森茨威希順應著潮流，和其他眾多德國猶太青年一樣，宣布認清沒有國家也沒有耶穌基督的猶太教，是落伍過時的東西，他和眾多德國猶太青年一樣，放棄自己做為猶太人的身分，改信基督教同時意謂著擁抱德國、變成德國人、認同德國文化。

在正式接受洗禮前，羅森茨威希去參加了他以為的最後一次猶太新年儀式。然而，在那儀式中，神奇的事發生了——羅森茨威希改變心意。他體認到：「過去我以為可能的事，其實是不可能的，我還是個猶太人。」

背向潮流、背向自己原先的改宗決定，羅森茨威希非但沒有變成一個德國基督徒，而且還以其一生的工夫，探索什麼是猶太文化、什麼是猶太生活，做為一個猶太人和一個基督徒到底有什麼最根本的差異？

一九一三年時，羅森茨威希二十七歲，然而沒過幾年，一九二二年，醫生宣布羅森茨威希罹患了至今仍沒有辦法有效醫治的「漸凍症」。醫生預測，羅森茨威希大概活不過三十七歲，可是意志力驚人的羅森茨威希，硬是多撐了六年，到一九二九年去世。更驚人的是，在身體「漸凍」的過程中，他的智力與心靈依舊活躍，先是用特製的打字機，接著靠他太太拿著字母板依照他眨眼指示，羅森茨威希繼續思索、繼續寫作。

羅森茨威希最重要的洞見，分析了基督教與猶太教的差異。

基督教是一種「時間」的宗教、「歷史」的宗教，依照基督教信仰，人類的遭遇分成截然不同的三段，人被趕出伊甸園那一段「前傳」，上帝再臨審判日到達的「結局」，還有「前傳」和「結局」夾住的中間一段。「前傳」和「結局」都是上帝的國度，也都是永恆不變化的，祇有中間這段，人掙扎著從墮落、經由耶穌基督的協助，通向救贖。

祇有中間這段跟人類有關，不是嗎？人類的命運，跟時間、歷史、變化緊密相繫。基督教的人類觀，幾乎就是無窮的「天路歷程」，不管人做什麼，都在「歷程」之中，從這點到那點的變化。基督徒永遠在路上，永遠在努力趨近，卻終其一生，沒有片刻真正得到聖寵、真正浸淫在永恆裡。時間驅策著人，時間是人的宿命，儘管永恆才是理想的歸宿。

基督教讓人停不下來。基督徒要嘛在改造自己的過程裡，要嘛在改造別人的過程中。基督徒雖然活在這個世界，卻從來不能安於這個世界。

羅森茨威希用猶太人與猶太教做為强烈對照。猶太人「到達」了基督徒還在摸索的目的，時間對猶太人沒有特別的意義，猶太教所教的是：創造就是救贖，即使終極救贖還沒到，做為上帝的選民，猶太人已經參與了救贖。

猶太人在日常的儀式裡體會、甚至體現永恆。一年到頭規定嚴格的種種儀式，不斷循環重返的生活規律，排除了時間變化，在猶太儀式裡，時間凍結了，或者該說，時間沒有了意義，人在當下就參與、感受救贖，重要的不是那些變化的、從這裡變到那裡的來回，而是不變的、給人永恆安穩感受的東西。

羅森茨威希不是不明白自己活在變化多快的現代裡，他也不是不明白，做為一個後進帝國德國內在有著多麼强烈的擴張變化動能。他竟然想用古老的猶太思想，來逆反這一切嗎？

不是的，羅森茨威希沒有那麼高傲、狂妄。他要面對的，是自己真實存在難題——怎麼在現代社會裡，過一種「猶太生活」，而不祇是形式上、觀念上做一個「猶太人」，而他得到的答案，不管對猶太人或基督徒，甚至既非猶太又非基督教的人都有高度啓示。

包括我們，都能從羅森茨威希的思索中，大大獲益。第一項啓發是：別把生活當做過程，別老是用什麼樣的虛幻目標，取代甚至取消生活本身。活著，不是為了追尋救贖，當然也不該是為了賺大錢或換取更大更多的權力，不該為了彌賽亞再臨的救贖而犧牲現實生活，那更沒有道理為了空洞的數字或頭銜，而去犧牲現實生活。那些，救贖或數字或頭銜，都會成為我們逃避的藉口，逃避什麼？逃避生命本身，逃避認真過活這項生命責任。

羅森茨威希給我們另一項啓示是：認同真正的核心，最重要也是最艱難的，不在意識，而在生活，生活的現實。選擇當台灣人、選擇台灣文化，祇是認同的開端，如果認真地問：那有一種「台灣人生活」嗎？「台灣人生活」，異於中國人、日本人的，會是什麼？我們將得到怎樣的答案？

還有一點啓示，羅森茨威希留給我們的，在德國認同與猶太認同的掙扎中，曾經習醫的羅森茨威希這樣說：「如果把我的身體切開，我確切知道那偏在一邊的心，會偏向猶太這邊。可是同時我也確知，如果這樣將德國的與猶太的兩邊身體切開來，我就活不了了。」這話中，有非常值得也陷入嚴重認同掙扎的現今台灣人，參考深思的地方。

觀念29 台客

簡單、直接地說，「台客」是個早已過時的名詞；而今天試圖復活「台客」這個名詞的概念，很不幸地，也是個早已過時的概念。

做為一個歷史名詞，「台客」反映的是外省族群對本省族群嚴重歧視的態度。當然，回到五〇、六〇年代的歷史時空，歧視不是外省人的專利，外省人看不慣本省人時，就輕蔑地罵一聲「台客」；換過來，當本省人看不慣外省人時，也會罵一聲「阿山仔」。

那個時代，兩種不同歷史背景、文化價值的人，被硬湊合在一起成了「命運共同體」。戰爭結束後才從中國來的人，不瞭解台灣的語言、民俗，當然更不瞭解台灣經過五十年日本統治沉積下來的日本文化基礎。這兩種人沒有時間也沒有機會慢慢互相接觸、互相瞭解，一下子就被巨大的世界冷戰結構以及中共在中國勝利的事實，關鎖在台灣小島上，共同承擔面對中共「血洗台灣」的恐嚇。國民黨在台灣小心翼翼重建的威權體制，更是排除了任何台灣本土性浮現檯面的可能性。台灣原來的現實生活，尤其是深深浸潤了早期移民草莽性格與日本和式文化色彩的生活風格，被剝奪了合法性，任何與刻板印象中的「中國性」不相符合的行為，就自然被拿來當作取笑、嘲弄的對象。「台客」就是所有在外省人「正統」眼光中，應該被取笑、被嘲弄行為模樣的大總和，「台客」代表了所有負面的本省人形象。

這種歷史性的「台客」，還存留在中年以上本省背景台灣人記憶裡，象徵著最壓抑最屈辱的一段時光，醞釀著後來激情追求「台灣人出頭天」願望的一段時光，難怪他們强烈反對「台客」在日常語言中復活。當然，復活的「台客」，已經不是以前的那個「台客」了。這中間經歷了複雜轉折。第一層轉折，是對應於國民黨虛幻「大中國意識」、「文化復興運動」而來的台灣現實意識，從社會課本到地理課本到歷史課本，台灣的「現實性」、「具體性」被取消了，如此產生的意識錯亂不可能長期延續，新一代成長的人强烈要求正視自己的具體生命實況，拆解「大中國」的同時，也就造成了「中國／台灣」在主流意識中的價值逆轉，中國越來越低，台灣愈來愈高，要用中國「正統」來歧視「台客」，也就愈來愈不容易了。

還有第二層轉折，那就是因應中國重回國際社會，原本以「中國」身分自居的台灣政府與台灣住民，都需要尋找新認同。尤其是八○年代末期。透過探親、投資雙重管道，台灣人大批「登陸」，集體經歷了「大幻滅」。幻滅的不祇是對中國「地大物博、山川壯麗」的瑰麗想像，還有自我的「中國性」。不論外省、本省背景，一旦進入當代中國大陸環境中，一律被看做是「台灣人」了。台灣而非中國，才是人家眼中看到的台灣人特質，沒人承認沒人接受那自我聲稱的中國身分。換句話說，以前歧視「台客」的人，一夕之間發現自己和「台客」一起被歸類在「台灣人」的範疇裡了。

原先標示「外省／本省」身分差異的「台客」，於是改頭換面，變成了「中國／台灣」的身分印記。在台灣內部，「台客」失去了原來的歧視性、冒犯性，大家都是別人眼中的「台客」，那講誰是「台客」，有什麼特別意義？

八○年代到九○年代前期，掀起了「台灣主體性」的意識運動浪潮。從西方左翼後殖民主義論述中取汲進口的概念，快速與台灣的現實相結合，發揮了巨大力量。參與在這波意識大改造運動中的人，不必理解、不必在意西方後殖民主義的背景，都很容易接受幾項重要前提、論理。第一，弱勢者不必接受強勢者的稱呼，更不必接受強勢者給予的歧視名稱內涵。二、面對強權者，弱勢者能擁有的基本權利，正就是「象徵反叛」，顛覆、逆轉強權者原本的語言系統，將語言中的屈辱轉化詮釋為榮光驕傲，反抗強權者的「意義壟斷權」。

例如，在原來強權意義系統裡，男人喜歡強調女性的柔弱、依賴，視其為女性的最大弱點，新一代的女性主義者，不再強調女性應該堅強起來，反而以柔弱、依賴為女性的最大長處，轉換角度回頭指責男性的剛強、封閉自我。又例如，黑人不必再抗拒Negro、Nigger一類的稱呼，而視這種稱呼內在蘊含的「黑人性」，為黑人獨具、白人就算想要模仿也模仿不來的重要資產。白人用Negro、Nigger稱呼所要歧視、貶抑的內容，正就是白人文化內在的「匱乏」，也就是黑人獨具的文化特質。

類似的「價值逆轉」，那幾年也在台灣大大流行。黑名單工作室和林強的歌曲，重新「發現台語」，《天下雜誌》「發現台灣生命力」計畫，則改寫了台灣的優點與缺點。原來的混亂、無秩序，現在變成了「活力」象徵。再來，還有以民主化、自由化為其主軸的「台灣經驗」，這些組合在一起，構成了「台灣主體性」，推波助瀾了那個年代強悍的台灣自信。

那個年代正是今天「言必稱台灣」、「言必稱本土」主流論述的開端。那股爆發湧現的台灣人「啥米攏不驚」的自信，面對世界性的「台商精神」，以及對中國的不滿，也正是一路簇擁著推倒老舊國民黨政權，將民進黨送上台去的主要力量。雖然那個時代，沒有人提「台客」，但那種氣氛，和今天「台客論述」最是和同一致。

做為台灣人，表現出「台味」，非但沒什麼可恥，甚至更應該感到驕傲。這是今天「台客」的新意義，卻也是舊日「台灣主體性」論述的舊精神。然而，我們能不去看、不感覺十幾年來時代條件的變遷改異嗎？在今天的脈絡下，這種「台味驕傲」的情緒，還有像當年那樣的基礎，可以放散出當年那樣的影響力嗎？

變遷改異之一，是國民黨當年的虛幻中國意識霸權，早已土崩瓦解。執政者成了民進黨，當紅政治權力論述是建立在「本土台灣意識」上的，新「台客論」非但沒有任何反抗性，還是這套主流意識順理成章的產物，唯一帶一絲絲挑釁性的，祇有「台客」這兩個字而已，不是嗎？

而且台灣與中國的關係，也有了大改變。在「中國崛起」的背景下，「台灣經驗」的鋒芒愈來愈弱，台灣自信受到嚴重挫折。以前被視為塑造「台灣奇蹟」的許多元素，那些混亂無序的現象，今天成為阻礙台灣「與世界接軌」的困擾了。「台客」優點，能在這個社會上引起多少搖滾樂迷以外人士的認同呢？

看看掀起「台客熱」的一個重要源頭，熱門節目「康熙來了」吧！一方面宣揚「台客」，一方面主持人卻不斷用「內地」來稱呼中國，而且這個節目還在中國打下了很大的市場，這種錯亂交纏下，「台客」要怎樣伸張建立「台灣主體性」呢？

更嚴重、更值得認真思考的是：「台客」所要强調的台灣獨特文化內容，是真的還是虛幻的？台灣文化在曾經廣受各種不同來源的灌注，混合成一種包容性甚大的「雜種文化」，這是歷史事實。不過在全球化的新環境裡，政經情勢逼得每個社會都具備相當程度的「雜種性」時，台灣真的還在這方面有特色、有優勢嗎？

伍佰新歌裡唱的，來自各地零組件拼湊出台灣人開的汽車，聽來有趣，可是我們該問問：現在哪一個國家的人民，開的不是這種混雜拼裝車呢？還有哪一國人在開「純種車」？就連對這種事最敏感的日本人，在大環境驅策下，都將「日產」（意思不正是「日本製」嗎？）汽車，賣給了由義大利人當CEO經營的法國車廠。弔詭地，在這個「台客」復活的時刻，台灣其實正相對在封閉自我。我們快速喪失以前那種中小企業經濟結構，單打獨鬥的台商能闖的天涯愈來愈有限，錯誤的教育方式讓我們的下一代失去國際競爭力，塑造「台客」的歷史力量，在離我們遠去。

這個時候强調「台灣獨特性」，非但回不到那種開放的文化態度裡，反而更助長了台灣人的封閉。幹譙裴勇俊是凸顯了「台」，卻同時也封鎖了匯注入「台」的新鮮刺激。

台灣早已取得了認同上的主體性，問題是主體意識下的台灣文化能有什麼樣的內容？我們不能老是停留在「祇要跟別人不一樣的好」的粗糙概念裡吧？現階段台灣真的需要的，不是回頭再一直去看自己的特殊性，畢竟那些特殊的東西，有些愈來愈不特殊，還有一些根本就是壞東西。我們總該走向前一步，認真問自己：什麼是好？什麼是壞？評斷文明、抉擇取捨的標準是什麼？

關於「台灣是什麼？」過去十幾年已經問得太多也太久了，不需勞煩「台客論」再來炒一次這鍋飯，能不能將這些精力換去認真地問：「台灣要什麼？」「台灣要變成一個什麼樣的社會？」

觀念30 權力

一九八〇年代後期，美國紐澤西州最重要的大城——紐渥克（Newark）市，選出了該市有史以來第一位黑人市長。紐渥克之所以重要，之所以具有象徵代表性，因為紐渥克和紐約隔河相鄰，許多在紐約工作卻付不起昂貴房租的人，居住在紐渥克，也因為紐渥克有大批黑人人口，六〇、七〇年代還曾經多次發生黑人暴動，不祇給紐約市民，也給全美國人留下深刻印象。

當然不會是好的印象。紐渥克黑人市長吉布森（Kenneth Gibson）一就任，《紐約時報》宣布關掉紐渥克支局。雖然《紐約時報》特別發新聞稿表示：關掉紐渥克支局純粹出於財務考量，節省開支以因應不景氣，但那麼巧的時間點，難免還是引人議論紛紛。

為了表示對吉布森絕無惡意，《紐約時報》趕緊安排了一場午餐會，讓吉布森能和報社編輯部高階主管見面會談。會談當中，有一位報社主管問起紐約當地知名的黑人詩人，請教吉布森市長的看法。

問：「市長覺得瓊斯（LeRoi Jones）怎麼樣？」

答：「我覺得他是位好詩人。可是你為什麼叫他『瓊斯』，明明他的名字是『巴拉卡』（Amiri Baraka）？」

原來問問題的人說：「我們稱他『瓊斯』，因為那是他媽媽給他的名字。」

吉布森市長立刻反應：「那請問你怎麼稱呼教宗呢？」

嗯……我不知道那位踢到鐵板的《紐時》主管怎麼回答，不過就算他再聰明，大概還是逃不掉稱教宗為「若望保祿二世」吧！就算他再怎麼見多識廣，恐怕也不會記得教宗他媽媽給他什麼樣的名字。

教宗可以不用媽媽給他的名字，自己選擇，那為什麼黑人詩人不可以？我們不會，也不敢堅持要用「他媽媽給的名字」稱呼教宗，因為我們認定，做為教宗，他的頭銜具有較高的神聖性，那個頭銜使他超越了平凡人的地位，伸張一種特殊身分；吉布森市長要主張的正是當年黑人民權運動中類似的一個信念：黑人長期使用白種主人給的名字，混淆了他們獨特的身分，藉由改名，他們找到自己真正的身分，也找到一份附隨在這身分上的，獨特神聖性。

名字、命名，代表了看待身分的態度，往往也代表了對自我身分的期許。剛剛過世的教宗，放棄世俗名字之後，稱自己為「若望保祿二世」，這名字最重大的意義，表達了對他之前兩位教宗的擁抱與繼承，一位是一九五八年到一九六三年在位的若望二十三世，另外一位是一九六三年到一九七八年在位的保祿六世。

剛去世的這位教宗，在保祿六世的任內晉升為主教、樞機主教，對保祿六世抱持知遇感懷，再自然不過。事實上，歷史上許多教宗都是直接襲用前任名字，例如從庇護九世到庇護十二世就一路接續。

可是出身波蘭的這位主教，自己決定除了「保祿」之外，還要在前面加上「若望」，以示對若望二十三世的景仰。

若望二十三世祇在位短短六年，可是在位第二年，他就不顧教會內保守勢力的強烈反彈，宣布將召開「第二次梵蒂岡會議」，來解決重大的教義問題。若望二十三世清楚看到了，科學與世俗力量的興起，對天主教傳統教義先是挑戰、繼而打擊，終至帶來睥睨嘲諷的態度，天主教信仰快速在現代生活中被邊緣化了，如果不徹底解決傳統信仰與現代性之間的衝突，現代生活不可能被傳統信仰消滅，唯一的後果就祇剩：天主教式微，不再具備任何影響力了。

從一九五九年起，若望二十三世就與教會內保守勢力展開了激烈的拉鋸，花了整整三年時間，才終於克服萬難，實現了「第二次梵蒂岡會議」。若望二十三世替這次教義大會，設計了清楚的議程方向，那就是改革教會，讓天主教會從高高在上的「上帝使者」角色，降下來成為「上帝子民代表」，也就是說，教會不再「指導」、「敕令」，而是「服務」、「詮釋」。

若望二十三世了不起的地方，在於他明明知道這項改革影響最大的，就是教宗權力。一八五四年教廷通過「聖母無垢受孕」、一八七〇年宣告「教宗無誤論」，都是要將教內權力，尤其是「真理權」收歸到教宗一人身上。然而若望二十三世卻願意放掉傳統給他的獨斷「真理權」，召開會議來討論教義，並明確建議分散、解消教宗身上的巨大權力。

不幸的是，若望二十三世沒來得及看到會議結論，就在一九六三年去世了。「第二次梵蒂岡會議」一直開到一九六五年，才在保祿六世主持下，找到答案落幕了。

看這段教會歷史，我們理解：「若望保祿二世」之名，正是對於「第二次梵蒂岡會議」的頂禮。用了先後召開、完成會議的兩位教宗為名，這位新教宗的自我認同，顯然是肯定且支持「第二次梵蒂岡會議」精神，並許諾要在這項精神上，建立其教會方向。

要評價若望保祿二世，顯然應該要從他自己選擇認同的精神上去進行吧！讓人難過、讓教徒難堪的，如果用若望二十三世和「第二次梵蒂岡會議」做標準，那麼若望保祿二世長達二十七年的任期，恐怕沒有那麼崇高偉大的成就吧。

若望保祿二世不但沒有真正繼承那份開放精神，而且還做了許多倒退的舉措。例如他堅持不願面對羅馬教會曾經參與迫害屠殺猶太人的歷史，他不願承認女性同樣具備擔任神職的資格，在節育議題上站在保守教條而非現代社會需求的那一邊。

儘管來自許多教區教士不斷提案要求，若望保祿二世從來不願討論神職人員可否開放結婚的問題。教會內部爆發一連串神父性侵犯男童的醜聞，若望保祿二世也一貫選擇不公開面對，不公開處理。一九九〇年，若望保祿二世還發布了「教育敕令」，規定所有天主教學院、大學，聘用的師資必須至少一半是天主教徒，等於是對現代專業知識的最大藐視。

若望保祿二世有過許多貢獻，當然也犯過許多錯誤。功過之間，如何蓋棺評量？我想最好、最有效的標準，應該還是他自己接下教宗位子時的期許吧！如他自我命名所提示的，以若望二十三世與第二次梵蒂岡會議為標竿的話，那我們不得不說：在繼承教會傳統「牧民」權力上，他很有表現；然而在開放教會、讓教會跟現代生活更密切相關上，他卻不怎麼對得起若望二十三世。

關鍵可能就在：若望保祿二世無法像若望二十三世那樣，慷慨地自我解消已經聚集在身上的巨大權力。權力真是可怕，權力能夠大到讓人走上與理想完全相反的路，這種教訓，再多提醒一百次、一千次都還是不夠的呀！

觀念31

統治

「首度造訪沼民的情景，始終在我腦海縈繞：火光照在側臉，雁群大鳴大叫，鴨子爭先恐後地搶食，男孩在黑暗中唱著歌，划舟緩緩滑下水道，夕陽在蘆葦燃燒所瀰漫的濃煙中依稀露出緋紅色，狹窄的水道深入沼澤區，手持三叉戟的裸男坐在划舟中，架在水上的蘆葦屋，而渾身黝黑、濕淋淋的水牛則彷彿孕育自沼地爛泥中。星光映照在黑色的水面上，蛙鳴聲不絕於耳；黃昏時划舟紛紛返家，呈現出平靜與永恆。這是一個時間彷彿靜止的世界，渾然不知引擎為何物。」

這是旅行家塞西格（Winfred Thesiger）的名著《沼地阿拉伯人》，第一章結尾處的段落，他忘不了第一次看到沼地的情景，後來一代又一代的讀者，也忘不了他在書中的描繪。

像畫、又像詩或像音樂。塞西格刻意用了一連串短句，東一個西一個記述沼地的片段印象，似乎如實地捕捉了一個人走到那裡，撥開長得比人還高，簡直像竹子一般，且密密叢集的蘆葦，突然看到眼前自然與人的互動交集。同時看到聽到感受到那麼多不同的訊息，他有點措手不及、更有點迫不及待。連續快速短句之後，語氣又突然舒緩了，「星光映照在黑色的水面上，蛙鳴聲不絕於耳，黃昏時划舟紛紛返家……」讀到這裡，我們相信了這種經驗和永恆如此接近。

塞西格一定要讓沼地印象，和「永恆」發生關係，還有別的理由。他去到的沼地，位於底格里斯河和幼發拉底河匯流處。這兩條大河交會後，並不直接流入波斯灣，而是造成了一大片雨季時面積幾乎可達台灣一半的沼澤水鄉。

兩河相交點，今天叫做奎納（Qurna）的地方，伊拉克人千年來相傳就是伊甸園所在。那個地方，還有一棵「亞當之樹」，成為觀光與朝聖的焦點。

而在人類歷史上，西方文化的起源，最早是由蘇美人所創造的。蘇美人的文化，應該是個「蘆葦文化」。他們用蘆葦蓋房子、抽蘆葦的纖維做衣服，用蘆葦的稈子寫出最古老的楔形文字。如果沒有大量豐富、易於運用的蘆葦做材料，蘇美人能否獲致文明突破，大大可疑。是的，蘇美人就居住在這片沼地邊，蘇美文化就孕育誕生在這裡。

不管是伊甸園或蘇美文化，都訴説著人類起源的故事。回到這片沼地，像是人爬回母親的子宮，去看去感受那不可復追的誕生狀態，這裡是時間的起點，也是永恆與變化的交界。

這麼美且具備著重要人類意義的地方，塞西格是一九五一年去到的，他在那裡待到一九五八年六月，然後在一九六四年將之記錄出版，書要問世時，塞西格已經在擔心沼地不久後恐怕就會消失了。

除了沉積泥層越來越厚的自然因素之外，沼地最大的威脅來自英國殖民者的「建設計畫」。英國人打算從兩河匯流處，開幾條運河，將河水直接導入海中，不再蜿蜒漫淹在沼地上。運河蓋好之後，沒有幾年，沼地就會慢慢乾涸成為硬地，而此處豐富沉積土，剛好是拿來燒磚塊絕佳的材料。農地增加，又有工業上的附加價值，從經濟角度看，滿有道理的。

不過，英國人的計畫沒有實施，因為取得更大經濟利益之前，得先花大錢大力氣去開運河。計畫擱置，沼地保留下來，到英國人走了，原本叫美索不達米亞的地方成了伊拉克，到伊拉克王室被革命推翻，國王被殺，到海珊建立起他的獨裁政權。

一九九二年春天，海珊突然下令在沼地開掘運河，而且是傾全國之力，盡快完成。那個時代遺留下來的伊拉克官方文件記錄著：「從一九九二年五月二十五日，到該年十二月七日，祇花了創人類工程紀錄的超短一百八十天，就完成了沼地整建工程，海珊總統親臨主持運河啓用典禮。」

這的確是個驚人的成就，或者該説驚人的破壞？拖了幾十年沒做的工程，半年就做完了，塞西格筆下的那個藏在蘆葦叢後的奇妙世界，徹底消失，一去不返了。

如果照伊拉克官方説法，那麼這塊沼地的消失，應該被列入「現代化」、「工業化」的另一項代價。缺乏經濟價值的沼地，被改造成了農地、到處蓋起了燒磚的土窯，這就是進步吧。

然而，官方説法往往不完全是事實。藏在這種官方説法背後的事實是：海珊之所以在那個時間急於弄乾沼澤，是因為沼澤裡躲藏著他的敵人。

一九九一年二月底，美軍正式結束第一次波灣戰爭以及在伊拉克的軍事行動。什葉派與庫德族，在伊拉克國內被海珊欺壓得最厲害的兩個族群，藉機起而反抗。他們認定美國一定會協助他們，解決掉海珊政權。然而奇怪地，美國突然就收手了，於是海珊可以從容地率領殘部，修理這些人。

兩河流域下游，本來就是什葉派的地盤。那些被海珊軍隊追殺的叛軍，自然逃到這一帶，而長滿蘆葦的沼地，成了他們最佳的躲藏掩飾。

海珊將敗給美國人的怒氣，發洩在這些「叛徒」身上。先是在沼地的河湖中下毒，放火燒整片整片的蘆葦，後來就索性決定弄乾沼地。要把「叛徒」趕出來，解決統治威脅的動機，強過一切，促使海珊政權做到了英國人沒有做、做不到的，而且還是在一百八十天中就做到。

「叛軍」無所依恃，有的就逮、有的則分散逃到隔鄰的伊朗去了。沼澤消失，當然塞西格書中描繪的那種生活，也隨著消失了。現在這塊地方，成了全伊拉克境內，最「安全」的區域了。一個理由是，空蕩蕩的沙地，還有什麼地方能藏人藏軍事裝備嗎？另一個理由是，據美國國務院統計，原來依靠沼澤為生的部族，二十五萬人口中有二十萬人或死或逃，消失了。剩下的五萬人則在海珊政權強迫下，改行燒磚頭或開計程車了。

當然，還有不計其數的水生、陸生動植物，也在沼地乾涸的過程中，一併消失了。夕陽不會再從煙塵後面映照出來，星光也不會有水面的返影了。

生態的絕然、徹底變化，不必然是經濟現代化帶來的，更多恐怕還是統治的副產品、後遺症吧。對於統治，人類為了維護統治權力，而對地球生態產生的破壞，政治性而非經濟性的破壞，我們理解得還太少。很多類似的政治性破壞，躲在經濟性藉口後面，如果一一弄清楚像兩河沼地這種例子，我們應該會對於「統治」本質，以及「統治」的意義，有了不一樣的想法與評價吧！

觀念32

長期執政

「在像印度這樣低度發展國家中，要為窮人服務，祇能靠政治權力。為了幫助窮人，你得一直掌握著權力，如果在掌握權力的過程中，你變得富有了，那祇是意外。所以邏輯上，既然你所做所為都是為了窮苦百姓，那麼用任何手段取得權力都是合理的。」

這是印度前總理納拉辛哈勞（P. V. Narasimha Rao）在他的書《局內人》（*Insiders*）裡的一段話，形容印度國家處境最嚴重、最麻煩的問題。

在有衆多窮人的國度裡，就會有衆多要為窮人代言、為窮人爭取福利的人。他們滿腔熱血、義憤填膺，不能忍受社會上存在著明顯的不公平不正義，他們立志要改變這樣的世界。

然而世界畢竟不是誰想改，就可以改得了的。改變世界必須要有工具，在錯誤與挫折中衝衝撞撞，想要改變世界的人，最常找到兩種答案。一種是：世界根本不能改變，公平與正義祇存在於人的理想幻夢裡，不具備現實性。回到現實、適應現實，別再想什麼要改變世界，不切實際的事吧！

另一種答案則是：有權力的人才有辦法改變世界。要改變世界，就先要取得權力。沒有權力，一切免談。為了讓窮苦無依的人，都能得到幫助，我們先要在惡魔的遊戲裡勝過惡魔，把劍與火從惡魔手中奪走，還給被欺負壓迫的人。

弔詭的是，納拉辛哈勞所要點出的是，這兩種答案，看起來截然不同，最後卻總會又走到一塊兒去。那些放棄改變世界的人，選擇與決定世界不公不義的惡魔們合作。那些堅持自己要取得權力來改變世界的人，則在無所不用其極的奪權過程中，自己變成了惡魔。

納拉辛哈勞絕對有資格評斷印度政治上的這些惡魔們。他原本是個語言學家，印度獨立之後，就參與了政治，靠著尼赫魯—甘地家族的提攜，一步步進入印度國大黨的核心，終於在尼赫魯—甘地家族連續折損兩員大將——甘地夫人與拉吉夫・甘地先後遇刺身亡後，出面主持國大黨，並在一九九一年當上印度總理，到一九九六年下台。

納拉辛哈勞近距離看到印度獨立運動中最有理想的一代。聖雄甘地將原本充滿宗教成見，要求復興印度教榮光的國大黨，轉化成為以「非暴力」為其終極信念、以英國殖民統治者為其抗爭對象的普世性政治力量。靠著聖雄甘地的個人意志，硬是將印度教徒和伊斯蘭教徒拉在一起，完成了逼迫英國帝國主義撤退的歷史大業。

然而英國人一走，印度教徒和伊斯蘭教徒就再也不肯合作了。聖雄甘地遭到自己國大黨支持者暗殺，巴基斯坦分裂出去，大移民過程中幾十萬印度人死於宗教衝突中。

尼赫魯接下印度建國重任，明確訂定了三條基本路線。第一是印度必須高度世俗化，也就是去宗教化，畢竟即使分裂後的印度境內，都還有幾千萬伊斯蘭教徒，而且印度教也不是可以定於一尊的一種宗教，印度禁不起一次次宗教衝突的撕裂。

尼赫魯的第二條路線，是「不結盟」。印度受夠外國，尤其西方帝國主義的擺弄了，要避免再成為國際競逐的「牌」，印度必須也祇能和其他國家都保持等距關係。

還有第三條路線，那就是用國家社會主義手段，振興印度經濟，解決印度低度發展與貧窮的問題。

這三條路線，既是理想，又是現實規畫。尼赫魯的遠見，當然是正確的。五〇年代，尤其是五五年「萬隆會議」上不結盟國家製造出的聲勢，讓人不敢輕忽印度的實力，更對印度的未來充滿期待。

然而，尼赫魯設計的印度沒有出現，後來甚至連尼赫魯的三條路線都被放棄了。納拉辛哈勞的書，就是從國大黨「局內人」的獨特角度，檢討為什麼印度歷史，沒有照原本投射的軌跡，走出康莊大道來。

最根本問題，就在「持續擁有權力」。尼赫魯的規畫不可能三年五年、五年十年就會有效果的，這麼長程的理想，種下了自我毀壞的因子。以「尼赫魯路線」為理由，國大黨積極尋求長期執政，進而為了確保「尼赫魯路線」的純粹性，尼赫魯的女兒甘地夫人繼承父親的權力，並開始養成習慣，視不同意國大黨政策的人，為印度的叛徒。

一九七五年甘地夫人強悍地取消了憲法明訂的人民權利，實質戒嚴來對付政敵，處理國家危機。甘地夫人被暗殺後，國大黨權力又轉移到她兒子拉吉夫．甘地身上，家族政治的色彩更形濃厚。

家族政治的危險，在於少數幾個由血統而非能力決定的人，承擔了整個國家的信任與仇恨。討厭國大黨的人，殺了甘地夫人後，還要再殺拉吉夫．甘地，可是期待尼赫魯—甘地家族的人，卻是在拉吉夫．甘地遇刺之後，堅持應該由拉吉夫．甘地的遺孀，而非納拉辛哈勞來領導國大黨，他們甚至不在乎拉吉夫・甘地的太太，是個義大利人，因為婚姻才歸化印度籍的！

當長期擁有權力，變成一種常態，當理想口號成為政治人物致富腐化的掩飾，印度也就掉進了深淵裡。聖雄甘地試圖建立的普世正義價值，被他的國大黨繼承人弄得烏煙瘴氣，失去了説服力，於是地域的、宗教的、種姓的乃至家族的利益偏私，也就不再受到壓抑，到處橫流了。

政治人物相信：在理想的保護傘下，什麼事都可以作，這樣的政治，比沒有理想的權力鬥爭，還更可怕，尤其如果這種理想，必須靠長期權力來實踐的話。讓我們別忘了，權力比理想更迷人、更容易改變人心。

民主的好處之一，就是讓權力不斷換手，至少理論上如此。然而在現實上，擁有權力的人，幾乎毫無例外，會想辦法繞過民主的精神，延續自己的權力，做長期執政的打算。繞過民主的一種方法，就是灌注人民一種短期內無法實現的夢想，將自己的權力建築在夢想上，用夢想來合理化權力。

印度是個民主國家，多數印度人最大的夢想，顯然是擺脱貧窮。國大黨用數十年後的富裕為誘餌，抓住人民、抓住權力。

台獨也是個夢想，讓台灣人民理直氣壯、安全安穩活在朗朗天日之下，多好！然而台獨也是個不可能在三年五年、五年十年內實現的夢想。正因為如此，我們得特別小心，別讓台獨被少數政治野心分子，拿來當作繞過民主精神，奪取長期執政權力的藉口與掩護。

觀念33

法的精神

「我首先研究人：我相信，在無限參差駁雜的法律和風俗中，人不是單純地跟著幻想走的。」

「我建立了一些原則。我看見了：個別的情況是服從這些原則的，彷彿是由原則引申而出的；所有各國歷史都不過是由這些原則而來的結果；每一個個別的法律都和另一個法律聯繫著，或是依賴於一個更具有一般性的法律。……有許多真理是祇有在看到它們和其他的真理之間的聯繫才能被覺察出來的。我們越思考到細節，便會越感覺到這些原則的確實性。」

這是孟德斯鳩名著《論法的精神》（嚴復譯為《法意》）序言中一段關於著作旨意的

陳述。

孟德斯鳩這本書，在人類歷史上名聲可大了。這本書中將政體分成三種：共和、君主以及專制，並對三種政體作了縝密的評估，得到結論：專制政體的原則是恐懼，君主政體的原則是榮譽，共和政體的原則是品德。哪一種政體最好？當然是共和。哪一種最差？當然是專制。而他描述的「專制」，正是當時歐洲的政治現實，難怪這本書流行起來，成了共和革命者的聖經。

《論法的精神》中，還藉英國君主立憲為例，討論了行政、立法與司法的彼此監督制衡，認為是公民自由保障的關鍵。「三權分立」與其說是英國人的智慧，毋寧比較接近是孟德斯鳩刻意美化英國狀況，提出的人類政治偉大理想。

因為這樣的巨大貢獻，使得《論法的精神》成了政治學、政治理論上的大經典，然而弔詭地是，孟德斯鳩本意上希望讓此書對於法律能產生的作用，反而長年被忽略了。

考考台灣政治系畢業的學生，誰不知道孟德斯鳩，誰沒在政治學課堂上聽過背過孟德斯鳩的學說？然而換去考考法律系的學生呢？有幾個能夠正確說清楚孟德斯鳩及其法學上的主張與貢獻？

孟德斯鳩講得很清楚：會要寫這本書，是因為看到世界各國的法律，表面上看起來天差地別，「無限參差駁雜」，如果這些那麼不同的規範，統統都可以算做法律的話，那麼法律就帶了高度、甚至無限的任意性了。我們根本無從去掌握法律的「本質」，無從研究法律是什麼了。法律什麼都可以是，也就什麼都不是了。

孟德斯鳩的巨大突破，是不依賴一個先驗的答案，假設有神或上帝或什麼超越的意志管轄著全天下的法律，給予所有法律一種核心「精神」。相反地，他從比較各種實際存在，五花八門「無限參差駁雜」的法律入手，做比對歸納，去覺察「真理……和其他的真理之間的聯繫」，最後找尋出「一個更具有一般性的法律」。也就是藏在各種不同社會不同法律系統不同法律條文背後，普遍的精神。

雖然孟德斯鳩在序言中特別說他書裡「並沒有完全敘述……細節」，不過被收進書中的細節討論，已經驚人地豐富了，這些材料很可以讓今天學法律的人，瞭解一下到底法律是怎麼來的，牽涉法律的「人間條件」有多麼複雜。

不過最要緊的，畢竟還是孟德斯鳩的主旨——法律紛亂現象中，應該有其更高的精神與原則，我們不應該迷失在紛亂駁雜的法條中，而遺忘了、忽略了精神與原則。

用精神、原則來掌握法律、法學，在孟德斯鳩那個年代，有其特殊歷史意義。孟德斯鳩活躍的十八世紀歐洲，一方面神權與教會地位不斷下降，光靠《聖經》和教宗敕令要規範人的行為，越來越難。另一方面，海洋冒險開拓累積的成果，使得歐洲人眼界變寬了，他們看到許多非基督教文明的社會實貌，意識到了人的多樣性。對於伊斯蘭教、中國文明、印加文明、乃至「野蠻人」的認識，又刺激他們回頭看見了自己歐洲本身的內部歧異。就連歐洲，也不是像教會主張的那樣，就是單純一致的啊！

如果不追究「法的精神」，那麼在多樣歧異的世界中，人的行為就無法規範、更無法預期了，一個法蘭西人和一個日耳曼人遇上了，應該遵守誰的法律呢？「法的精神」還有另外一層更深沉的意義，脱離了孟德斯鳩所處的十八世紀歐洲環境，仍然持續有效，那就是：世界快速變動，新奇新鮮事物不斷誕生，法律無法事先預見未來，訂定好完美的法條，法律祇能在既有已有的現象後面，苦苦追趕，細心收拾。那麼，新鮮新奇事物就不受法律管轄了嗎？還有，時代變動了，舊法律要如何退場，不成為新社會的拖油瓶、絆腳石？

唯一的解決辦法，就是找出高於固定法條之上，管轄法條的「法的精神」，法條雖然是固定的、死的，當環境變動時，我們可以用新的變化現象，與普遍「法的精神」互相參證，來決定新的行為道理，來修改法條的意義。

如果我們善用孟德斯鳩的智慧洞見，很容易可以得到兩項提醒。提醒一，當牽涉到異文化跨國界的行為時，「法的精神」比法條重要，應該回溯「法的精神」才能訂定出規範來。提醒二，如果有些法律條文是很久以前訂定的，又沒有經常使用，那麼這種法條不能隨便照字面意思動用，應該回溯比對其背後「法的精神」普遍原則，然後再思考變動過後的新情況，做出法律的新主張新見解。

任何要將法條不經重新詮釋，就要運用於管轄、乃至威嚇不同社會的人、或不同時代的人的行為，都是一種「法律暴力」、「法律霸權」。

台灣什麼都缺，就是不缺有頭有臉有影響力的「法律人」。然而這些有頭有臉有影響力的「法律人」，什麼都不缺，就是缺乏對孟德斯鳩的認識、理解，以及對「法的精神」的尊重。

台灣檯面上這些「法律人」，受的幾乎都是法律的「技術訓練」，他們把法條抬得很高，以為法條就是法律的全部，卻不知道「法的精神」高於法條，「法的精神」更應該被理解、被討論。

讀過、讀通孟德斯鳩，知道什麼是「法的精神」的人，不會草率、粗糙隨便拿出一九二九年訂定、七十多年來不曾用過的「刑法一一三條」（私與外國訂約罪），套用在今天兩岸現實情勢上的。至少要問問，「刑法一一三條」的精神是什麼？至少該提出，這樣的精神在今天應該如何轉化詮釋的主張吧！

「法律人」老習慣想用法律來處理政治問題，這種習慣不祇破壞了政治該有的溝通協商空間，而且還暴露了這些「法律人」對法律的輕薄與膚淺啊！

觀念34 策略

毛澤東是個現實的策略家，他對中國共產黨最大的貢獻，他之所以能成為中共的領導人，正在於他從來沒有真心相信過馬克思主義教條，也沒有真正服從過國際共產主義的路線指示。

鄭學稼先生曾經寫過巨著《中共興亡史》，書中明確且大膽地將中共之「亡」，定在一九三五年一月的「遵義會議」。那場會議上毛澤東被選舉為中共政治局常務委員，後來又成為全軍最高統帥部三人軍事指揮小組的成員，取得了黨權與軍權。「遵義會議」是毛澤東路線凌駕了蘇聯共黨指導、現實農村包圍城市策略推翻了左傾城市工人暴動策略的關鍵轉捩點。

「中國共產黨」名字雖然一貫延續，但「遵義會議」之前與之後，這個黨的風格、性格截然不同，這是鄭學稼先生的核心論點。毛澤東的現實中國革命路線，取代了國際共產主義運動。

老實說，沒有「遵義會議」這般戲劇性的轉折，中國共產黨恐怕沒有機會在中國奪取政權。毛澤東既不理會馬克思歷史唯物論裡以工人做為革命主體的原則，也不理會俄國大革命中列寧與托洛斯基們的經驗，他祇管他看到的中國現實情勢，依照中國現實情勢建構他自己的革命策略。

「毛路線」的一個主題，是承認相當長時間中，總的形勢是敵强我弱，所以總戰略，必當是持久戰，可是在戰術上又必須追求有限的速決戰。毛澤東清楚主張：「應當以運動戰、游擊戰和非固定的戰線為主要戰爭形式，不是通過一次武裝暴動或一場革命戰爭就能取得全國革命勝利，而是在一片一片、一塊一塊土地上先取得勝利，波浪式地向前發展。」

持久戰的大戰略，逼出耐心，也必然逼出合縱連橫的計謀來。實力比敵人弱，不能正面接敵，就祇好用各種方式分化敵人、削弱敵人，再用各種方式培養自己實力，和敵人迂迴迷藏。

要玩這種長期謀略，敵我劃分非得靈活不可。如果將敵我關係看死了，那麼我方將永遠不是敵方對手。敵人的敵人可以是同志，敵人陣營中不同派系也可以被我所爭取運用，這樣我們才能壯大自己，慢慢趨向勝利。

所以毛澤東的思想中，最突出的一塊，就是如何細膩運用敵我關係。從來沒有任何人，在敵我關係上投注過那麼多那麼深刻的用心，將黑格爾、馬克思的辯證法導入敵我思考，使得敵我關係轉化成為流動的過程，不斷變化、不斷移位，需要最高警覺與最高智慧隨時判讀。

「毛路線」的另一個主題，是承認中國社會的複雜性，不相信階級論、經濟決定論真的就可以「化繁為簡」。二十世紀的中國，對毛澤東而言，是古代、近代、現代同時並存的，不可能單靠一套「現代」標準，來判定中國社會成分與社會情勢。

於是在「毛思想」中，連階級都不是固定的，誰屬於什麼階級，不能像馬克思主張的那樣，光看生產關係就能決定；更重要的，不同階級與共產革命運動之間的關係，也無法教條地規定下來。

毛澤東基本上是中國「小傳統」培養出來的。他生長在中國儒家「大傳統」崩壞的時代，他自己說：「我過去讀過孔夫子的四書五經，讀了六年，背得，可是不懂。」又說：「我熟讀經書，可是不喜歡它們。」

那他喜歡什麼？「我喜歡看的是中國的舊小說，特別是關於造反的故事。」「許多故事，我們幾乎背得出，而且反覆討論了許多次。……我認為這些書大概對我影響很大，因為是在容易接受的年齡裡讀的。」這也是毛澤東自己說的。

毛澤東成功地把自己和他領導的共產黨，形塑成農村「小傳統」的代言人。其代言身分表彰得最清楚的，就是農村「小傳統」最恨誰，毛澤東和他領導的中共，就發展出一套大快人心的語言，把那個敵人罵得臭頭，進而直接明白號召打倒那個敵人。

農民討厭地主，毛澤東與中共不會對地主留情。農民討厭官府，毛澤東一輩子對「官僚主義」窮追猛打，後來甚至不惜發動「文化大革命」，對付自己黨內的「官僚主義」。農民討厭裝腔作勢，講些讓人聽不懂的話的書生學究，毛澤東就罵知識分子是「臭老九」，多次發起運動，不祇要「鬥垮」、還要「鬥臭」知識分子。

從好的一面看，毛澤東的語言再生動再活潑不過，句句簡單直接打動人心，沒有一點點文謅謅、沒有一點彆扭姿態。不過，從壞的一面看，毛澤東建立了一種純粹煽動性的政治語言，不講究邏輯、不考慮內在一致性，祇求具體的動員效果。這種語言，中國農民都聽得懂，連十歲小毛頭「紅衛兵」們，都聽得懂。

毛領導下，中共是個革命黨、策略黨、宣傳黨，卻從來不是個有原則的政黨。毛相信策略、相信宣傳，相信常常要迂迴繞路，甚至走回頭路，才有機會在敵强我弱的情況下，到達目的地。永遠在想如何迂迴繞路的政黨，沒有餘裕去堅持原則；換另一個角度看，在策略之上，在毛澤東所做的策略決定之上，別無更高的原則。

也就是沒有任何更高的權威，可以制衡毛澤東與毛澤東的主觀。馬克思主義不足以拘限毛、蘇聯不足以拘限毛、中國共產黨更不足以拘限毛。沒有人能指責毛澤東犯了任何錯誤，因為他就是一切是非、對錯的最後權衡。

這部分地說明了毛澤東為什麼會變成那樣一個獨裁者。黨內同志無法制衡毛澤東，因為他們從朱德、彭德懷到劉少奇、林彪乃至鄧小平，誰都沒有毛澤東那種煽惑人心的「小傳統」語言與智慧。需要時，毛澤東隨時可以動員農民來鬥爭自己黨內的同志。

從現實、靈活策略起家的毛澤東，「建國」之後變成了一個不能被挑戰、不能被質疑的絕對權力者。他說過的話、寫過的文章，隨而變成了人人應該捧讀、引用、奉行的真理。結果就產生了一層巨大的矛盾，本來是因應現實而做的策略思考，卻被抽離了現實脈絡，供奉成了教條。

毛思想最大的價值，本來在其打破教條的策略精神，不意現在打破教條的精神，自身成了教條！就像文化大革命中，破壞秩序的造反行動，竟然被律定為秩序一般，難以想像的悖理，帶來了難以想像的浩劫代價。

這層矛盾，最極端的表現，就是《毛語錄》，全書沒頭沒尾摘了一堆毛澤東的話頭，編輯成冊，幾億中國人，加上幾百萬幾千萬外國革命青年，卻硬生生地將小紅書內容啃讀進去。

拿策略當教條的《毛語錄》，使得中國社會陷入教條的狂熱裡，人們放棄了自己的思想，拿《毛語錄》裡的片段言詞來保護自己、表達意見、攻擊敵人、認知世界。透過《毛語錄》去建構的自我、去認知的世界，不祇是貧乏的、而且必定是扭曲的。

還有更深的扭曲，那就是：《毛語錄》將一整代、甚至好幾代的中國人訓練成「策略狂」。他們不相信任何真正的原則，甚至無法理解什麼是真正的原則，祇知道鬥爭的策略，他們的生命，充滿策略、充滿手段算計，卻沒有終極關懷、更沒有絕對是非價值。

祇有策略、手段算計，卻沒有終極關懷、沒有是非價值的政治，是可怕的，也必然引致權力的墮落，這應該是毛澤東留給世人最大最痛的教訓吧。

觀念35 運動

還喝「薄酒萊」嗎?

每年十一月,法國「薄酒萊」已經成功在台灣形成了一種風尚儀式,大家有事沒事吃飯時多開瓶酒來喝喝,滿好的。

尤其對法國農人,滿好的。法國現在面臨最嚴重的問題,就是葡萄與葡萄酒產量過剩,許多酒莊五年、八年定期開桶的酒都賣不掉,有人願意湊熱鬧消耗掉一些根本還配不上稱「酒」的「薄酒萊」,那真是謝天謝地吧!

法國葡萄酒供過於求,情況糟透了。農民不得不和政府合作,將過剩的酒提煉成酒精,添加到汽油中,灌進汽車油箱當燃料。本來按瓶計價的酒,現在一桶桶送去變造酒精，再一公升一公升攙進汽油裡，還真是浪費。

可是不暴殄天物還真不行。世界葡萄酒市場經歷大變化，法國酒莊顯然無法及時調整。最大變化在：強勁對手快速崛起，挑戰法國葡萄酒過去的地位。美國加州率先發難，接著南美洲的智利等國，還有南半球的澳洲、紐西蘭，都釀出了愈來愈像樣的酒，別忘了老歐洲也有西班牙、義大利等國同處於適合葡萄盛產的溫帶區域，誰規定他們不能釀酒、不能釀好酒？

儘管市場擴大，然而產家增長的速度，比市場還要快。變動局勢中，一大堆連「薄酒萊」和「葡萄酒」都分不出來的初級酒客在買酒，於是價格就成了最關鍵的銷售要素了。喝不出品質差異，也對傳統酒莊品牌缺乏認知的新酒客們，當然很容易被低價位打動。要買低價位的酒，會買法國葡萄酒嗎？不會。平平都是葡萄酒，法國產的一向價位最高。一方面法國人篤信自己的酒最好，更重要的，法國葡萄酒的生產成本最高，就算想降價跟人家競爭，也不見得降得下來。

法國酒的成本，不祇必然比智利、祕魯高，也還高於美國或鄰近的西班牙、義大利，因為他們長期接受政府保護、補貼。法國農民力量很大，他們非但不受擺布、不給歧視，還常常對政府予取予求。當年歐盟組合的過程中，兩個最嚴重障礙，一是各國貨幣如何安排，另一項就是如何處理法國農業的保護主義。

法國的農業和其他國家農業一樣，都有幾千年的悠久歷史。不同的是，進入二十世紀，當所有「已開發國家」中，農業與農民都飽受工業發展擠壓時，法國農業卻昂揚抬頭，拒絕當「夕陽產業」，農民也拒絕做「二等公民」。

法國農民的待遇，不是天上掉下來，也不是政府施捨，而是在農業受傷害時，法國農民當中出現了積極的組織者，他們學習「工人團結意識」的技術，鼓吹「農民團結意識」，一方面阻止農業核心人口投靠城市、工業，一方面將農民組織起來，用各種手段示威、發聲。

一九三〇年代，法國農村掀起了多傑赫（Henri Dorgeres）帶領的「綠衫運動」。多傑赫組成了「農民保護委員會」，靠著清晰的理念、煽動性的語言，號召農民自救。多傑赫反對主張工人執政的左派共產主義，也反對他心目中象徵城市金錢階級的猶太人，這兩點，和當時橫掃歐洲的法西斯主義一致。除此之外，他耐心分析，國家財政結構如何不公平地將稅收負擔壓在農民肩上，歷歷指陳那些遠離土地、農民的政客們，如何在城市搞他們貪污腐敗的勾當；他還感性地訴求，認為法國在各方面變得軟弱怯懦，就是因為失去了農民精神，應該要用農民的堅毅、強韌、勇敢來重建法國的背脊。

這支經常身穿綠衣集會的革命隊伍，在農村掀起了熱潮，也震動了巴黎的法國政治權力中心。多傑赫和「保護農民委員會」在運動過程中，樹立了許多敵人，引來了側目與恐慌。他們那種「以農業重塑法國」的保守主義立場，也不可能真正將時鐘倒撥，讓法國放棄工業、放棄巴黎的都市浮華，他們真正發揮了的作用，是促使巴黎人與農民更願意尋找出一條合作而非衝突破壞的道路。多傑赫的激進運動主張，襯托出和平妥協之可欲與可愛。

真實的歷史軌跡是，為了防堵多傑赫和「綠衫運動」，第三共和政府積極釋放善意，拉攏中間溫和的農民，視他們的支持為維繫政權的命脈。這種態度歷經第二次大戰、冷戰時代，沒有太大的改變。法國官方接收了當年多傑赫他們的口號，肯定農民與農業為法國的「脊梁」、「骨幹」，也同時承認農業不祇是一種生產方式，還是一種生活方式、一種文化，有其超越經濟層面上的意義，所以有責任以國家資源來保護農業、農民與農民生活。

像這樣的歷史例子，讓我們看到「運動」的重要、「運動」的價值。動員群衆的過程，無可避免要訴諸激情，因而使得「運動」容易呈現極端的面貌，然而社會集體自然有將這種極端熱情冷卻的本能，除非在扭曲的權威結構下，政權與運動者兩相激化引爆為武裝革命，要不然很少出現「運動」製造出「運動」內部極端主張結果的現象，真正常見的反而是「運動」的極端逼出雙方妥協的「中間路線」，如此浮顯、成立的「中間路線」，往往才是可長可久的。

相較於法國農民，台灣農民實在是太可憐、也太馴良了。在長期受剝削受傷害的過程中，他們就鬧過那麼一次「五二〇事件」，再來就是農家子弟楊儒門這回的「白米炸彈」騷擾了。然而不管是「五二〇」或「白米炸彈」，最後都還是在社會秩序的要求下，以司法懲處收場。而這麼幾十年來，農業在台灣持續凋零，農民的地位在台灣也就一直淪落低陷。

不管是當年參與在「五二〇」中的人，或現在的楊儒門，他們的悲憤，絕對值得理解、同情，然而他們和這個社會交涉的手段，有了問題。問題核心不在暴力，而在缺乏將悲憤轉化為「運動」的決心與技術。我們從來沒有真的「農民運動」，以運動力量逼迫全社會尋求「農業答案」。

楊儒門仍值得我們尊敬。他單純得近乎天真的動機，犯案中犯案後沒有一點「英雄主義」、自我誇耀的人格氣質，在台灣都是難得少見的。這樣的人，本來應該最適宜在這個社會與農民之間扮演溝通角色，協助雙方找出可長可久農業新基礎新文化的，然而在缺乏「運動」為後盾的歷史背景下，楊儒門竟然祇能成了悲劇性的獨行俠，何其可惜！

啜飲著其實味道不怎麼樣的法國「薄酒萊」，正在幫法國人解決農業問題的都市時髦人，可不可以對台灣農業也付出些用心與關懷呢？

觀念36

陌生

哈佛醫學院精神科教授瑞鐵（John Ratey）寫了一本《大腦使用手冊》，書中說：「面對像大腦這般複雜的系統，真的一切取決我們的行為，這就是為什麼搞懂自己的大腦那麼重要的理由。我們有自由意志，我們做的每件事都會影響後來發生的每件事。大腦以幾乎無法預測的方式發展。基因儘管重要，卻不是決定性的。我們施予大腦什麼樣的運動、怎麼睡、吃什麼，選擇怎樣的朋友與活動，可能具有和基因一樣大的力量改變我們生命軌跡。」

原來我們還得像接觸精密高科技電子產品一樣，仔細學習如何使用自己的大腦。

類似像這樣的訊息、類似瑞鐵寫的這種書，在美國熱門流行得很。因為阿茲海默症

（Alzheimers）嚴重威脅著美國人的生活。

以前中文裡習慣把阿茲海默症稱為「老人痴呆症」，因為我們以為老人本來就是會退化健忘的，我們以為這種「痴呆症」只會發生在老人身上。

不對，阿茲海默症是一種大腦細胞病變，雖然發病機率與年齡密切相關，美國大部分病例集中在六十五歲以上的病人身上，而且每增加五歲，罹病者的數目就倍增，不過也有「早發性」的阿茲海默症侵襲還不算「老」的人。

得了阿茲海默症的人，大腦功能會逐漸退化。先是忘掉剛發生的事，繼而忘掉更久前發生過的事，再來認不得親人、認不得自己，終至喪失照顧自己生存的基本能力。

這是一種殘酷的疾病。像是拖慢延長了的死亡。或者說，死亡的分期付款。原本頂多只有幾天、幾周的死亡過程，被用慢動作鏡頭播放，一拖數年，一點一點死去，一次一次死一點點。

這偏偏又是一種普遍的疾病。目前全美大約有四百萬人陷入在阿茲海默症緩慢消蝕生命的過程中，預估五十年後，美國阿茲海默症病人會增加到一千四百萬人。更麻煩的，這是一種神祕的疾病，到目前為止還找不到確切原因，也就找不到預防與治療的藥物。醫學界藥界還找不到有什麼東西，吃了、用了可以阻止大腦退化、萎縮，阻止阿茲海默症病人一步步遺忘一切。

生理、化學研究，對於如何處置阿茲海默症遲遲未能突破，倒是從流行病學角度做的患者社會分析，透顯出比較清楚的端倪。有一樣結果，讓講究平等的美國醫界有點尷尬、猶豫，明知其重要，卻不太敢做明白的文章。那就是各種調查都顯示：學歷越高的人，罹患阿茲海默症的比率越低。在統計上，這兩項變數不只相關，而且其負面影響比例非常顯著。

怎麼解釋這中間的因果模式？阿茲海默症本來就存留在某些人的基因裡，結果使得這些人腦袋發展較差，所以相應就不會有好的學業表現嗎？還是說，追求高學歷的過程中，使用大腦的方式會有所不同，因而改變了大腦結構，讓這些人的大腦不易受阿茲海默症的襲擾呢？

老實說，光從調查證據上看，這兩種解釋都有可能。不過前一種解釋，很容易得出這樣結論：學歷高低、學業成就好壞，是天生由基因控制決定的，聰明人就是聰明人、笨蛋不只生來就是笨蛋，而且老了還會被阿茲海默症擺弄搞得更笨。這種結論會對社會公平安排產生太大的衝擊，不是美國社會一般人願意接受的。

因此，大部分的資源都朝向第二種解釋投注。或許每個人都有機會、都有辦法可以藉由好好保護、運用自己的大腦，降低在老年時罹患阿茲海默症的可能性，這正就是瑞鐵寫《大腦使用手冊》的背景與基本關懷。

順著這個方向進一步看，那獲得了高學歷、能夠躲過阿茲海默症風暴的人，他們的大腦到底做過些什麼事，受過些如何不同的訓練嗎？不同的專家提出不同的答案，把這些答案集合比對，我們發現，最重要的交集，最明顯的公分母，竟然是：接受陌生問題的挑戰。

高學歷教育有什麼特色？對美國而言，高等教育假設受教的人必須應付複雜多變的環境，因此在教育內容上强調授予學生自己摸索問題，尋求答案的方法，而不是直接給予答案。受過高等教育的人，在遇到陌生事物時，會保持高度好奇與警戒的態度，嘗試以多種途徑與之周旋、趨近，找到掌握陌生、化陌生為熟悉的管道。相對地，沒有受過高等教育的人，習慣躲在熟悉的環境裡，重複固定的程序，他們的大腦似乎也就隨而陷入慣性與惰性裡。

再縮小看，高學歷的養成，迫使人學會多種不同的語言，而運用語言正是大腦最忙碌、必須動員多個部位的重要活動。這裡講的「不同語言」有多重意義。相對於美國人日常使用的英語，法語、德語、義大利文、西班牙文是不同的語言；喬叟、莎士比亞的古典英文是不同的語言；濟慈、拜倫、雪萊的浪漫主義詩作是不同的語言；甚至當代作家像 Toni Morrison 刻意營造的複雜語句，都扮演著不同語言的角色。物理學、化學、生物遺傳學、甚至會計、管理學，都有其行內專用的公式術語、表達習慣，當然也是不同語言。

高學歷的人活在多語的環境裡，必須不斷穿梭出入於不同語境，在這樣的變化中得到了大腦的積極訓練，相對地，非高學歷人士終日安全安穩地活在單一語言環境中，語言對他們不構成任何挑戰、更沒有新鮮之處，久而久之，他們的大腦就不會動得那麼靈活了。

如果我們接受美國這些對阿茲海默症的調查研究，那麼我們就應該相信：抵抗「老人痴呆症」最好的方法，絕對不是打麻將玩電動，而是保持對於陌生事物的好奇心。尤其應該要保持、甚至刻意去尋找不同語言所構成的挑戰。

沒有道理阿茲海默症攻擊美國人，卻獨厚台灣人。如果要防堵「老人痴呆症」在未來吞噬快速老化中的台灣社會，我們應該積極鼓勵所有人讀複雜的文學、讀詩、讀文言文、學英文、法文、西班牙文，學習一切新鮮陌生的東西，而不是偷懶讓自己越來越躲進封閉的、熟悉的環境裡，坐待腦袋硬化痴呆來臨。

觀念37

歷史課本

哥倫布為什麼偉大？

「正統」的解答，我們會從歷史課本裡得到的解答，應該是：他不受自己那個時代的迷信所拘執，堅持認定地球是圓的，所以就能找到一條向西走卻到達東方的航路，而且他勇敢地將自己的想法付諸實現，終於發現了美洲大陸。

不過如果稍微深入查考出土的原始史料，簡單的「正統」解釋，會需要滿多附註說明的。例如，哥倫布閱讀《馬可孛羅遊記》，完全相信《遊記》裡所描述、形容的那個華麗、豐饒的東土，深深迷戀馬可孛羅筆下的中國與日本，所以才立志要找到一條比較方便能夠去到遠東的航路。

哥倫布一生四度西航，每次都在今天的美洲大陸登岸，可是不管別的航海家、製圖者如何說明，他始終堅信自己已經到了亞洲。雖然發現了「新大陸」，然而直到去世，哥倫布沒有察覺這塊大陸之「新」，他認定自己的成就，是找到新的路徑到了古老中國所在的「舊大陸」。

他為什麼如此「鐵齒」？因為他實在不是個太好的航海家，甚至不是一個合格的航海家。與「正統」解釋相反，十五世紀末期歐洲已經出現了專業航海、製圖圈，在這個圈圈裡的人，大家都確認地球是圓的，換句話說，大家早想到、也都同意，由歐洲出海向西航行，是可以繞著地球到達東方去的。理論上知其存在，卻沒有人啓航去證實，理由是：這條航路太遙遠了，超過當時航海技術的限制。

那為什麼哥倫布敢去？因為他的地理計算太差了。當時一般歐洲地理相信：歐亞大陸橫貫占據地球球面的一百八十度（事實上祇有大約一百二十度），如果要從歐洲最西邊出發，向西到達亞洲的最東邊，就要航行地球一半（一百八十度）的距離。這個距離，不可能是當時祇有八十呎長的遠洋船所能負擔的。

哥倫布卻不接受別人通行的看法。他主張：從《馬可孛羅遊記》可以推斷出日本在中國東方三十度。再來，如果不從伊比利半島出發，而是從加納利群島出發的話，航程又可以再減九度。他又自做主張認定原本對歐亞大陸面積估計太小，最後算出來，祇要航行六十度，地球圓周的六分之一，就能夠從歐洲去到日本。然後他還混淆了哩和浬的長度，東算西算，認為祇需航行兩千七百哩就夠了。今天我們確切量出來的距離，從加納利到日本最東緣，是一萬三千哩！

抱持著錯誤的信心，哥倫布才敢出發，也才爭取到西班牙王室的支持。航程很遠，哥倫布船上船員很恐慌，一直看不到陸地讓他們心生恐懼，甚至開始懷疑船會不會航行到世界的盡頭，咻地就跌入無底深淵裡去。哥倫布為了安慰其他船員，特別搞了兩本航海日誌，一本放在外面，大家都可以去翻，另外一本私藏在船長室裡，祇有他能看。外面那本日誌上，哥倫布刻意寫「假」的航程距離，大概祇有寫在私密日誌上「真」的距離的一半，這樣船員們比較不會覺得：怎麼走那麼遠，都沒看到一片陸地呢？陸地在哪裡？

用這種方式欺騙船員，滿聰明的，祇是後世計算發現，其實哥倫布以為的「假」的航程距離，遠比他私藏的「真」的距離接近事實。「假」才是「真」，「真」反而是「假」啊！會搞這種烏龍，因為哥倫布根本無法正確使用當時最先進的儀器，他連在陸地上都測不準自己的所在位置。例如說，他去到古巴時，測出來的緯度是北緯四十二度，拜託，北緯四十二度已經比紐約還北了！

老實說，哥倫布的成就，衹有一個訣竅，那就是「誤打誤撞」。他絕不是像「正統」解釋那樣天縱英明、走在時代前端發現真理。當大部分航海家和地理學家都相信地球是圓形時，哥倫布在航程中，竟然還自以為發現了「地球的乳房」。在今天的委內瑞拉附近，他覺得海水隆起，北極星看起來偏離了位置。他相信航行到「乳房」頂點後，船會接著滑下來朝地球的肚臍眼去，而那裡，應該就是想像中「天堂」藏著的地方了！

那個時代的歐洲航海家、地理學家，以為北半球就衹有一塊歐亞大陸，沒人想像到歐亞大陸的背面，還有美洲大陸。哥倫布真正的貢獻，是發現了美洲大陸，矯正了錯誤的觀念。可惜的是，哥倫布卻從來沒被自己的發現說服，繼續堅持自己已經到了東方、到了日本或中國或印度的東緣，他的發現改變了整個世界，偏偏就是沒有改變他自己。

這樣一個人，抱持著多種錯誤的概念，懵懂誤撞出了歷史的新頁。幾百年後，等他所製造出來的局面塵埃落定了，後人回頭去書寫他的事蹟，卻將他改寫成了一個聰明、勇敢、冷靜、執著的人。

真正的人世人間，往往是混亂、複雜、帶點盲目衝動而產生變化的。但這樣的人世人間，一旦被寫成歷史，就被改造得有條理有秩序，還有許多先知與英雄。歷史課本之不可信，就在於那是歷史最簡化的形式，而簡化的規律公式，幾乎無可避免去排除混亂、複雜、誤打誤撞的因素，凸顯不真實的少數先知英雄智慧。

明明最不聰明、腦袋一塌糊塗，會把古巴搬到紐約北邊去的哥倫布，竟然也就在歷史課本裡被神化為智者了。類似這樣的過程，以前也出現在我們的「革命史」敘述中。亂成一團，從不同角度出發的晚清社會騷動，最後卻成了國父孫中山的睿智安排領導。歷史之扭曲，莫此之甚。類似這樣的過程，現在也開始被運用在「重寫台灣民主史」上了。歷史課本要開始敘述台灣民主化過程，無可避免地就意謂著那本來騷動、多元、混亂、誤打誤撞的生命力，現在要被收編整理成單線的、有意志有目的的總體敘述了。而且是用後來民主化的結果，回頭改造改寫其過程的意義。

真正關心過去發生了什麼事的人，都應該抗拒這種「歷史課本化」的扭曲敘述。該是怎樣的哥倫布，還他怎樣的面貌；該是怎樣的台灣民主，也請還它本來的模樣吧！

觀念38 抽離

有人說：人類文明，至少是西方文明，開始於一樁綁架案。希臘諸城出名的大美女海倫，被位於小亞細亞特洛伊城的王子帕里斯，硬生生地從她的丈夫孟納勞斯身邊搶走了。希臘人大為震怒，發動了城邦聯軍，不辭辛勞，渡海遠征，必定要討回海倫來。

從這場美人引起的戰爭，不祇誕生了兩部偉大的史詩，《伊里亞德》與《奧德賽》，而且參與戰爭的角色，更成為後來希臘神話與悲劇最主要的取材對象。透過阿基里斯的身世，連結上一堆奧林匹克山上的衆神，透過尤里西斯的浪遊，又連結上另外一堆半人半神的故事。

希臘文化，西方文化的源頭，於焉燦然發展。

荷馬史詩《奧德賽》有一段小插曲，回到希臘與夫婿重逢的海倫，一天打開家門發現一位意外的訪客——尤里西斯的兒子德拉馬庫斯。海倫、孟納勞斯和德拉馬庫斯坐下來聊天，話題無可避免就扯到了多年以前的特洛伊戰爭。特洛伊戰爭衝擊了三人的生命，他們都有許多話想說，可是，怎麼說呢？

儘管經過那麼些年，特洛伊的回憶，對三個人都還是痛苦的。孟納勞斯記起了自己的軟弱、怯懦，竟然無法保護海倫。海倫記起了自己被帶到特洛城，成了帕里斯的妻子、海克特的媳婦，背叛了原來的丈夫孟納勞斯。至於德拉馬庫斯呢？特洛伊戰爭結束這麼久，他的父親尤里西斯卻全無音信，不知是生是死，他的媽媽還在家中一邊抗拒追求者的侵擾，一邊苦苦等待。

太重要的生命事件，反而無法談論，這種痛苦又堆壓在原有的痛苦回憶之上。還好這時海倫起身走開，一會兒回來，手上拿著下了藥的酒。荷馬告訴我們，那是一種神奇的藥，喝下去之後，就算要談論剛剛死去的、最摯愛的兄弟，你都可以一直面帶微笑。那三人和著酒飲下了神奇的藥，高高興興地讓原本痛苦的回憶肆意奔流，第二天一早醒來，覺得多年沉重的心理負擔大幅減輕了，變得像個新鮮重活過來的人一般。

可惜的是，海倫端出來的酒與藥，沒有能傳流下來。不過，面對真實又巨大，既真且大到無法遺忘又無法談論的痛苦事件，人類文明留下了一些酒與藥的替代品。

例如印度呔陀時代的聖者桑西塔（Taitiniya Samhita），認為詩韻最大的作用，在於給人保護，「將自己用詩韻包起來，於是在接近火的時候，就不會受傷了。」他的意思應該是：透過詩韻的中介轉化，我們還是可以描述那些痛苦經驗，可是被形式化了的痛苦，變成了另一種東西，不再直接地噴出悲傷、憤怒、羞辱、懊悔的火，灼傷現實裡的人。

同樣道理，到煉獄裡見識的但丁，為什麼需要羅馬詩人味吉爾，充當他的導遊？因為詩人可以將眼見親歷的可怕景象，化為詩化為故事，幫助我們處理情緒，看清真相。乍進煉獄時，《神曲》中的但丁被眾多受傷的靈魂可怖的傷口及悲戚的哀號震懾住了，他停下腳步走不動了。然而味吉爾催促他：「發呆看什麼？我們沒那麼多時間，還有許多地方要看的。」

詩與文學，將特定的痛苦普遍化，讓我們不祇看到一樁事件的痛苦、一個人的痛苦，去看到眾多痛苦，直到看見痛苦本身，這樣我們才能回來理解自己、談論自己，其作用，的確和海倫端出來的酒與藥，有異曲同工之處。

沒多久前，美國推理作家卜洛克來台訪問，我去主持了一場他和讀者面對面互動的派對，讀者提出的眾多問題中，有一個是：「『九一一』發生時，你在哪裡？你當時有什麼感覺？」卜洛克給的答案，讓我意外，他祇說那時他在紐約，就停了。我追問他：那天的感受呢？他不願意講，他無法講。我問：「太痛了嗎（Too traumatic to tell）？」他點點頭。

我會意外，因為二〇〇三年，卜洛克寫了一部厚重的小說《小城》（中譯本超過六百頁）。這部小說第一頁開頭就是：「西元二〇〇一年九月十一日，上午六點三十三分。氣象預報：天氣清爽，美好的一天。……」

《小城》明明就是寫「九一一」的。用唐諾的話說：「……《小城》寫得早寫得快……，雙塔倒了也清理了，屍骨已寒，紐約空氣中的煙硝味和塵埃落盡，但人心中的塵埃沒這麼快，它仍在迷茫的風中漂浮遊蕩，在人心中，這仍是進行中、未完成的一次死亡。」

在唐諾看來，卜洛克不祇寫了「九一一」，表達了對「九一一」的感受，而且還寫得太快太早了些。基於這樣的印象，我以為卜洛克會毫不猶豫地訴說自己的「九一一」經驗，至少會談談與《小城》有關的種種吧！然而他沒有，觸及個人的記憶、個人的痛苦，卜洛克就變成唐諾講的那種態度了——「九一一」仍是進行中、未完成的一次死亡。

透過小說，卜洛克才能訴說，小說是他靠近「九一一」經驗之火時，包裹起來的保護，也是那杯失傳已久的海倫手中的酒與藥。一直到今天，「二二八」在台灣仍然是「進行中、未完成的一次死亡」。那人心中的塵埃，儘管可能祇在極少數人心中，每年到了二月二十八日，就要被風颳起大大地漂浮遊蕩一番。

很多人相信，「二二八」死不透，是因為真相未明。我原來也如此相信。可是這麼多年騷擾下來，我看到了其他的原因，甚至是相反的原因。「二二八」死不透，是因為每個要訴說的人，都堅持從個人記憶與個人情緒出發，去建構那切身的痛。因為痛，因為太痛，如此訴說的「二二八」，就不會有真相，不敢承擔真相了。

就像沒有喝下去酒與藥的海倫與孟納勞斯，硬是要談論特洛伊。痛苦中的海倫，大概會堅持指責孟納勞斯的軟弱才造成災難，而痛苦中的孟納勞斯，恐怕也會把回憶的焦點集中在海倫沒有抗拒帕里斯，反而和帕里斯共同生活了的這段吧！

沒有辦法用詩或文學或其他方法抽離的「二二八」，每個訴說者都不能去面對自己的暴力、自己的軟弱、自己的背叛、自己的殘虐、以及自己的徬徨搖擺。這樣是說不出真相來的，不是因為真相被湮沒，而是因為真相不符合任何一方的「完美」想像，所以真相就被丟棄在一旁了。

除非哪天，我們能再找回海倫手上的酒與藥；除非哪天，我們懂得了如何面帶微笑訴說自己的痛苦，與自己的罪咎。

觀念39

個性

佐佐木八郎是個東京大學的文科生。他留下來的日記手札顯示，在他生命的最後一年，他讀了馬克思、恩格斯、叔本華、邊沁、彌勒、盧梭、柏拉圖、費希特、卡萊爾、托爾斯泰、羅曼羅蘭、雷馬克、韋伯、契訶夫、王爾德、湯瑪斯曼、哥德、莎士比亞、川端康成和夏目漱石的書。他真是個用功的學生，而且深深浸淫在西方哲學與文化的傳統裡。

時值第二次世界大戰末期。再往前追溯一點，佐佐木八郎在日記裡也透露了他對戰爭的看法，他不反對戰爭，但堅決反對軍方發動戰爭的理由。他不信「大東亞共榮圈」那一套，他認為戰爭的合法性，祇能建立在摧毀邪惡的資本主義結構、結束人與人之間的剝削迫害關係，實踐公平與正義。所以他支持日本對「邪惡資本主義者控制」的美國、英國作戰，卻堅決反對日本軍方在中國的侵略行為。

這樣一位頭腦清楚、獨立判斷而且好學深思的青年，最後搭上了戰鬥機，飛上天空，將機鼻對準海上的一艘軍艦的煙囪，狠狠地撞上去，在一片火光與高溫爆炸中，犧牲了自己的性命。

佐佐木八郎是「神風特攻隊」的一員。執行最終任務前夕，佐佐木八郎在日記中寫著：「如果資本主義無法輕易推翻，卻可以在戰爭的挫敗中崩潰，那我們就有機會將眼前災難轉化為幸運的事。我們正在找尋火中重生的鳳凰般的事物。」

然而事實是，佐佐木將自身本來該是幸運的事，變成了無可彌補的悲劇。東大學生、國家菁英、時代先鋒，全都在零戰飛機狹窄的機艙中燒熾熔解了。

和一般印象中的「神風特攻隊」不同，佐佐木八郎不是為天皇而戰、為天皇而死的。他為自己心目中另外一個神聖目的——打倒資本主義——而獻身捐軀。可是光看那自殺的決心與方式，誰會留意佐佐木八郎的特殊用意呢？

的確，雖然不提天皇，佐佐木八郎的生命選擇，卻逃不開天皇崇拜的影響。他和其他為天皇而死的青年，都相信人應該服膺於某種神聖原則，完全臣服於神聖原則之下，必要時為神聖原則以及神聖原則保證的神聖未來，供奉自己的生命。

大多數「神風特攻隊」的青年，不敢也沒有能力質疑天皇。同樣地，佐佐木八郎也從來不曾質疑過「打倒資本主義」的絕對正確性。

偉大的日本政治思想家丸山真男，戰後一直反覆檢討天皇制度。他要檢討的，不是裕仁的戰爭責任、不是任何一個天皇，而是更深層的，天皇神聖性在近代日本社會所產生的巨大負面作用。

主張天皇的絕對神聖性，勢必得讓天皇離開人間、高於人間。任何具體的「人間性」都會減損天皇的神聖地位，讓他的子民拉近與天皇間的距離。因而天皇的神聖性，要靠其內容的空洞來維持。天皇沒有內容，天皇崇拜是絕對的、沒有具體對象內容的抽象感覺。正因為天皇是空洞的，天皇崇拜就經常被利用來裝填各種內容。這是丸山真男的洞見，也是他對日本社會的真切憂慮。

一八八二年，日本明治天皇頒下一份重要的敕書，規定軍隊不得涉入政治。敕書前言解釋軍隊與天皇的關係，天皇是精神、是大腦，軍隊則是天皇的軀體。敕書接著明言：不要為流俗所欺，軍隊唯一的效忠對象就是天皇。對天皇的義務重於泰山，相形之下，生死輕於鴻毛。

這份敕書用意在防止政黨利用軍隊，然而其變質作用卻是使得日本軍方從此不尊重、甚至輕視日本政府。在軍方眼中，天皇是神聖的，政府卻是世俗的、私利的，因而在效忠天皇、為天皇服務的前提下，日本軍方不祇會反抗政府，甚至還會理直氣壯地暗殺他們不喜歡、不同意的政府官員。

他們是效忠天皇，還是假借天皇來擴張自己的權力？這兩種動機、這兩種做法，到後來就都混在一起，分不清楚了。日本軍方日益壯大，一步步走上軍國主義，一個主要原因就在：軍隊變成了那神聖而空洞的天皇的實質內容。天皇是神聖的，於是願意為天皇而死的軍人也變成神聖的，軍人的意志、軍人的選擇，連帶都成為神聖的。

還有一八九〇年的「教育敕書」，也很重要。明治維新開放引進的西方知識，使許多人感到憂心忡忡，怕「日本本質」被西方文化取代了，更怕未來的日本人都變得像西方人那樣自由、隨便、沒規矩。「教育敕書」就是要重申由日照大帝傳下來的日本世系，何等崇高何等神聖，教育目標必須放在教忠教孝，教日本學生服從父親、服從長輩、服從上司，當然更要服從天皇。教育的終極是讓受教者習得「為國獻身，共維天皇之位與天地同壽」。

「教育敕書」以官方力量，中止了日本國內的文化討論。西方可以學習，但西方文化與知識，不能牴觸教育最終大綱大本——那就是國家與天皇。國家與天皇超越於知識之上，其神聖性不受知識所挑戰。

這兩道敕書，確立了天皇的神聖性，同時也灌注給後來日本年輕人固定的思想與情感反應。他們必須將自己的生命依附在某種不容質疑的神聖目標上，才得到「意義的安全感」，才相信自己一生沒有白活。而且信奉某個神聖目標的考驗與證明，就是願意為這目標犧牲自己的生命。

佐佐木八郎，正是這兩道敕書影響下的產物。他那麼熱情地閱讀了大量西方著作，但不管柏拉圖、盧梭、馬克斯或羅曼羅蘭，都不足以刺激他懷疑人之所以為人的理由，他祇是用打倒資本主義取代了天皇，繼續活在集體建構的「神聖性追求」裡，終致和一群天皇崇拜者、國家崇拜者，一起當了「神風特攻隊」，一起在戰爭中隕滅。

神聖，是可怕的。越神聖的東西越可怕。神聖，阻擋了理性的介入，因為理性的起點，就是懷疑、就是批判。不能懷疑、不能批判，神聖事物絕對地凌駕於個人生命之上，終究使得個人所做的選擇，不再真正有「個性」。

在閱讀上，佐佐木很有個性，在評價日本軍方的中國行動上，佐佐木也很有個性。然而決定登上零戰飛機執行任務時，他失去了個性，他的個性被神聖目的給吞噬了。

神聖與個性，必然是衝突的。這也就說明了，為什麼越民主越個人化的社會，越難有什麼神聖的信念。倒過來看，如果有人要把任何概念，不管是「台灣」、「愛台灣」、「本土」或「中華民國憲法」神聖化，如果這些概念在社會上愈來愈神聖，不准人家分析、不准人家批判，這個社會必然離理性與民主，愈來愈遠；離個性與個人尊嚴，愈來愈遠。

觀念40

清醒

人類發明的飲料中，沒有比伏特加酒（Vodka）更無聊的；可是人類發明的飲料中，大概也沒有比伏特加酒更神奇的了。

先說無聊的那一面，伏特加衹有兩種成分，水和酒精，伏特加的製程，就是將正確比例的水和酒精混合在一起，呼，好了，伏特加酒出現了。

列寧發明過一種特別的伏特加酒，叫「里柯夫卡」（rykovka），在革命策略上大大有創意的列寧同志，在改造伏特加酒時顯然沒怎麼用心。里柯夫卡和伏特加有什麼不同？里柯夫卡是三五％的酒精和六五％的水對攙，比一般伏特加稍溫和些。

平常、正常的伏特加酒，酒精和水差不多就是一比一。一樣多的酒精遇上一樣多的水，呼，好了，那就是伏特加酒。

這麼單調的東西，竟然幾百年來（據考證應該有五百年歷史了！）沒有被淘汰；這麼單調到無聊地步的東西，在我們這個詳究複雜神經細胞的時代裡，竟然還能被包裝成派對上的流行事物，啊，是伏特加創造的第一項神奇現象。

還有一項神奇現象，這麼簡單的東西，一八九四年竟然還勞煩當時的沙皇亞歷山大三世下詔請出大化學家門德列夫（Dimitri Mendeleev，是的，就是發現化學元素周期表的那個門德列夫），來研究改善伏特加的本質。更神奇地，門德列夫不祇接受了這項任務，還有了重大發現。他發現五百公撮的酒精對上五百公撮的水，不會產生一公升的伏特加酒。中間經過特殊化學作用吧，出來的伏特加酒，祇會有九百四十一公撮，有五十九公撮的液體神奇消失了！

門德列夫得到的結論，製伏特加不能用容量算比例，要改用重量，五百公克的酒精加上五百公克的水，才是最正確的調法，才調得出最好的伏特加酒。

奇怪？為什麼沙皇要管伏特加酒怎麼做，共黨革命後列寧也要管伏特加酒怎麼做？這又是另外一個神奇事跡了，從羅曼諾夫王朝延續到今天，俄羅斯官方控制伏特加酒控制了三百五十年。

這要從一六四八年講起。那一年，莫斯科爆發了「酒館暴動」，而且騷亂迅速蔓延到附近其他城鎮。

情況滿慘的。莫斯科周圍區域，三分之一的成年男性，都在酒館裡掛了數額驚人的欠帳。伏特加酒征服了俄羅斯，日日爛醉的人哪有辦法起床下田耕作呢？人為的，或者該說「酒為的」荒年歉收，打擊了俄羅斯農業經濟。農業經濟殘破，欠酒館的錢更還不出來了，酒館成了社會公敵，喝醉酒的衝動攻擊酒館，喝不到酒的更是憤恨打砸酒館，「酒館暴動」一發不可收拾……

非收拾不可，於是沙皇朝廷緊急決定將伏特加收管，改為公賣。祇有政府官方才能製造、銷售伏特加。

從那時開始，三百多年間，俄國政府先後六次解除過公賣禁令，讓伏特加自由生產自由買賣，但最後都不得不在一片混亂的災難中，重回公賣的老路。

不得不公賣，理由頗豐富。例如說，劣幣驅逐良幣，劣酒也會驅逐良酒。穀物可以產生酒精，水果也可以，別忘了，連木頭都可以拿來當酒精原料。伏特加祇靠水和酒精，意味著酒精成本越低，售價可以越便宜，也有機會獲得更高利潤。公賣制度一解除，市場就充斥了劣質、廉價伏特加，想喝稍好一點的酒，都沒有辦法了。

另外一個理由，俄羅斯邊境長年不平靜，戰事頻仍，上了前線的軍隊，祇能靠伏特加來穩定情緒、鼓舞士氣。十九世紀末的俄羅斯名醫佛洛維奇（Nikolai Volovich）曾經計算過：伏特加刺激心血管系統活動、清除血液雜物的效果，如果每天喝五十克，可以達到最高程度。第二次世界大戰時，為了抵抗入侵的德軍，史達林下令：前線蘇聯兵士每天會分到一百公克的伏特加酒。喝了再上！

還有一個更正當、更不能被推翻的理由：俄羅斯政府，管他頭頭叫沙皇或叫共黨總書記，都需要從伏特加專賣得到的龐大利益。數字會說話，俄國人的酒品消耗量冠於全球，每人每年平均要消耗掉高達四加侖（差不多十六公升）的純酒精。

吞進肚裡的這些酒精，至少有一半來自伏特加酒。那麼大量的伏特加，要花多少錢來買？祇要從中間抽取一小部分，政府不就有錢了嗎？蘇聯時代，從伏特加銷售獲得的收入，可以占國家總歲收的五分之一！

歷史學家發現了一串可悲的連鎖反應。二次大戰的經驗，使得許多俄國人在戰場染上了酗酒的毛病。這些人在戰後大量消耗伏特加，增加了政府收入。政府開支越來越依賴伏特加，也就越來越不可能處理國民集體酗酒的問題。伏特加越製越多，俄羅斯就越來越醉。越來越醉的俄羅斯生產力下降，於是政府就更迫切需要賣酒換來的錢……

代價是：到二十世紀末，每年有高達三萬俄國人死於酒精中毒。比較一下：蘇聯入侵、占領阿富汗，十年苦戰，也不過犧牲了一萬四千名戰士！

歷史學家還發現了另一串更可悲的連鎖反應。伏特加從來不是好喝的酒。它不像紅酒白酒威士忌白蘭地，有豐富多層次的口味。其他國家的人，喝伏特加酒要調上一大堆有的沒有的，俄羅斯人卻從來都是「單喝」。威士忌還能加水加冰塊，伏特加本來就一半是水，還加什麼水？

俄羅斯人喝伏特加，不是為了過程，而是為了快速的結果。酒精進入身體，立刻生出熱度與暈眩感覺來。前者讓俄國人得以抵禦北國的氣候，後者讓俄國人遺忘生活的艱苦。

喝得越多、遺忘得越多，生活也就越能忍受了。可是，伏特加進入身體，也會讓人忘記了應該要檢討、進而改變那不完美的生活環境。更糟的是，喝了伏特加，人往往祇會在貧困掙扎中，把自己的生活弄得更艱難。更艱難的情況下，人還能怎麼辦？祇好再喝更多的伏特加吧！

伏特加最神奇的地方，是這樣簡單得近乎無聊的東西，悄悄地主宰了一個龐大國家的命運，低調卻又尖銳地點出了政治學的永恆議題——政府，到底應該對人民負擔怎樣的責任？讓人民沉醉在伏特加裡，以便收取公賣利益，再拿這些收入來做公共開銷，這樣的舉措，合不合理？道不道德？算是負責的做法嗎？

觀念41

博愛

去年剛過世的法國哲學家德希達（Jacques Derrida）曾經出版過一本題名為《博愛政治學》的書，這個書名很難貼切地翻譯成中文，只好多費點篇幅解釋一下。

德希達要處理的，是法國大革命最響亮的三個訴求中的一項。法文原文中，這三個口號是「Liberté! Eguallité! Fraternité!」，我們一般在歷史書中將之翻譯為「自由、平等、博愛」。法文中「Fraternité」原義是兄弟手足情感的意思，換句話説，大革命熱情地追求讓所有人都能去除人際藩籬，所有人像兄弟一般，不只和平相處，而且真誠相愛。

做為一個理想，「Fraternité」有什麼不好？好極了，如果一個社會，大家都能如同家人般相親相愛，那不就是人間天堂了嗎？

可是德希達卻對這樣一個高蹈且高貴的理想，感到惴惴不安。他在《博愛政治學》書中，追溯西方哲學歷程，追到了一個根深柢固的思想模式，那就是西方哲學一貫致力於要將個人解釋為完整、和諧的存在。

西方哲學的努力，及其最大的成就，正在於以思考來解決人存在上種種異質，甚至矛盾的成分。哲學解釋世界，而要出發去解釋世界之前，要先解釋自己。在西方哲學的傳統架構中，我們要先找到一個完整、和諧、一致的自我作為主體，才能以此主體為基礎，去認識、理解外在世界。

德希達在這樣的思想前提中，看到了麻煩。人先想像自己是和諧、一致，人建構了自己的身分（identity，也就是「認同」，使一切同一的意思），就很容易以這樣的想像形象對待外界，要求我們所處的世界。

於是我們對世界的愛，其實只能是對自己的愛。在德希德看來，Fraternité 當然不是「博愛」，而是「狹愛」，我們要愛這個世界，先得想像整個世界消除了差異，每個人都跟我一樣，至少跟我的家人一樣。

法國大革命宣揚「博愛」，可是這「博愛」其實是有嚴格限制。要為我所愛，先得要變得和我相似，和我的家人相似。

以家人兄弟來當愛的標準，反過來看，也就將與我不相似的異質成分排除在外。我們理直氣壯地，一方面愛與自己相似的人，一方面激烈地將與自己不一樣的人，排除在愛的範圍之外，甚至推到「恨」的對面上去。

德希達要指出的是：「博愛」這個理想，落在事實上，非但不是讓每個人都自然地變成兄弟，反而是讓每個人都霸道地要求別人變成自己的兄弟，對於與自己不同，不能成為兄弟的人，就公然歧視、殘暴對待。這才能解釋為什麼法國大革命不是一場愛的喜劇，卻成了血腥屠殺的大悲劇。

這也解釋德希達眼中看到的西方政治最大的問題——「不寬容」。這又何嘗不能拿來解釋台灣今日政治上最大的問題呢？

我們沒有經歷西方哲學的思考，可是我們卻展現了那麼相似於德希達警告的現象。「認同」（identity）問題在台灣如此嚴重，因為許多人將「認同」無限上綱。他們想像的「認同」，其實不只是選擇歸屬於一個國家，願意和一個社會同甘共苦，而是要別人都跟他們一模一樣。跟他們有一樣的政治立場，喜歡一樣的人、討厭一樣的東西，為同樣的歷史事件悲憤痛哭。

這樣的「認同」太沉重了，沉重到「認同」反而製造了分裂。當「認同」升高至每個人都得像家人一樣，霸道地要泯除一切差異時，「認同」就不再是愛的出發點，而成了「恨」的溫床。

這個時候，讓人格外珍惜與西方哲學走在不同道路的佛家哲學。尤其是佛教破除「我執」的概念。「我」根本就只是許多相異因緣的湊合，哪有什麼本性？沒有本性就是沒有本質，如果連「我」都沒有本質，都是一團雜質，換個角度看，一團雜質都能形構成「我」，那我們有什麼道理，有什麼必要去追求社會應該是同質、一致的呢？

不從一個本質性的自我出發，而從具有高度偶然性的因緣去理解社會與世界，我們不就能開闊安然地接受別人的異質性，在最大的異質中都還能創造出真愛？

愛兄弟、愛家人、不會是「博愛」；只有愛和自己完全不同的人，甚至自己不能理解的人，我們才真心進入「博愛」，也才有辦法、有資格組合一個和諧、安樂的社會。

觀念42

慈悲

如果沒有狗，人類歷史會很不一樣。

如果沒有狗，說不定到今天，英國還是個天主教國家呢。當年英國國王亨利八世婚姻出了問題，他想和妻子離婚，特別派了渥爾西（Wolsey）主教去梵蒂崗向教宗求情。教宗其實不是那麼死板板不通人情的，尤其當他面對的是一位重要、有權力有實力的大國王，尤其當反對教廷的新教運動到處蔓延讓他頭痛不已，他可不願意為了一樁家庭紛爭影響到教廷與英國的關係。教宗與渥爾西主教談得差不多，雖然沒有明言，但雙方心中自有默契，教宗會想出辦法來宣告亨利八世原來的婚姻不成立，那也就沒有離婚需要了。可是，就在渥爾西主教要離去，傾身跪下向教宗致意時，渥爾西帶去的一隻小狗，突然衝向前，就著教宗的腳，不猶豫、不留情地，狠狠咬了一口。

這一口咬壞了教宗的心情，也咬掉了亨利八世合法離婚的希望。亨利八世憤而帶領英國脫離教廷，自創英國國教。

如果沒有狗，歐洲人可能要拖遲許久才能深入美洲大陸。哥倫布發現美洲，可是他不敢貿然登陸，一直到在船上帶了一批兇猛的獵犬。獵犬給哥倫布安全感，獵犬還真正咬死了許多印第安人，救了哥倫布。

靠狗救命的歷史名人，不祇哥倫布。至少還有遇到大象衝撞的亞歷山大大帝、遇到海難的拿破崙、和身陷洞穴迷路的林肯總統。假設他們不愛狗，沒有帶狗在身邊，那些豐功偉業可能就不存在了，至少要大打折扣吧。

還有人說，如果沒有狗，也就不會有美國革命。話說十四世紀時，英格蘭國王羅勃也是受狗保護，才保住性命的。沒有那條奮勇救主的狗，就沒有羅勃，就沒有英格蘭的史都華王室，就沒有後來的英國史都華王朝。史都華王朝的皇室血液裡帶著清楚、強烈的遺傳性瘋狂因子，瘋掉了的喬治三世惡搞的統治，才激發了美國殖民地全面反叛，才有獨立戰爭，也才有了美國建國。

是啦，這樣的因果鏈，有點遠有點迂迴，然而不可否認的是，狗在人類生活中，幾千年（如果沒有幾萬年）來扮演的重要角色。

狗跟人那麼親近，不過幾千年下來，人對於狗的瞭解，似乎還不是很完整。甚至可以這樣說：人對狗的感情、人與狗的關係，常常出於誤解。

一直到今天，很多養狗的人，誤解了狗表達的情感，以及表達情感的方式。有位女士很煩惱她家小狗太愛她太黏她了，祇要她老公不在家時，小狗就老要擠在她身邊，還把腳爪放在她膝上。每次她移開，小狗就又貼過來，她祇好不斷撫摸狗頭，然而好像無論施予多少愛，小狗都無法厭足。

專業的動物行為顧問去現場觀察發現：是的，人狗互動有大問題，不過不是那位女士想像的那樣。小狗的行為，在牠的心態裡，其實是要表達牠自己在家中的地位，高於女主人。腳爪搭上來，身邊擠過來，都是富地位象徵的動作；不幸的是，女主人撫摸牠頭部，在狗的「肢體語彙」中，又是低階者對高階者示弱示好的意思。

不是，小狗沒那麼愛女主人，牠在主張：除了男主人以外，牠最大！

歷史上，還有很多時候，人類低估了狗的智慧。十九世紀歐洲，餐廳裡常常都養狗。為的是狗能夠在狹窄的廚房空間裡推輪子，讓火爐上的肉品，牛肉豬肉羊肉，不斷翻面，烤得均勻好看。人們驚訝於狗兒在控制速度上，如此有靈性又如此聽話。

冬天溫度很低時，上教堂是件苦差事。空洞洞的教堂讓人越坐越冷，為了抵禦周遭寒氣，有些餐廳主人就會帶著狗去。叫狗趴伏在腳邊，就可以暖和舒服得多。有一回在格拉斯特，主教證道時引用《聖經》裡面提到了「輪子」，霎時間，教堂裡所有的狗統統驚惶起身，不顧一切地奔逃向教堂門口！

原來，狗這麼聰明！

如果狗兒懂人類哲學思想史，如果狗兒會說話能發表看法，牠們應該特別要替美國哲學家邊沁（Jeremy Bentham）不平叫屈。大家提到邊沁，就想到「功利主義」，覺得邊沁是古往今來最現實「功利」的人，還把「功利」抬高為哲學原則。這樣的人，一定同意役使狗類來為人類謀求「最大的幸福」吧？

錯了，邊沁留下一段狗兒們讀了應該感動流淚的文章。時在一七八九年，就是美國和法國都掀起「人權」熱潮的那年。邊沁先說：「那一天或許將來臨，人類以外的其他動物，應該能夠重獲牠們的權利，被人類暴君暴政給剝奪了的權利。」

邊沁繼而又說：「法國人發現：膚色不該是理由，讓某些人被另外一些人殘酷、任意折磨。也許有一天，人們也會肯定認知：有幾隻腳、身上有沒有毛、屁股的骨頭突出到什麼程度，也不該成其為理由，讓某些生物被一些人殘酷、任意折磨。……問題不在：牠們聽不聽明，牠們是否有能力論理？也不在：牠們會不會說話？而是——牠們會感覺到痛嗎？」

感覺到痛的生物，不該被任意、殘酷折磨，這是邊沁的根本立場。狗兒當然會痛，沒有任何人感受不到狗兒的痛，因此使得狗兒（可能還有貓）成為人類文明最重要的試驗。會痛會難過的狗，和人類情感產生了密切呼應，才使得人狗如此相親。可是也因而：無視於狗兒痛苦難過的社會，必然孕育著殘酷的因子。

真正的慈悲，關鍵就在不忍生命的痛苦。虐待貓狗的行為不該被容忍，因為生命的痛苦如此清楚地展現在牠們的行為與模樣上，要怎樣麻木的心靈系統，才會視若無睹呢？如此麻木的心靈系統，怎麼可能衹對貓狗殘酷，而不對其他人的痛苦，同樣殘酷無感呢？

慈悲，從不忍貓狗的痛苦做起吧。

沉默

「在宋多芬（Sonthofen），被炸毀了沒有重建的房子，我特別記得兩棟。一棟是火車站，房子的主要部分被拿來堆放東西，大捲大捲的電線、電報桿等等。旁邊留有屋頂的一翼，則被拿來當作音樂學校的教室。看來很奇怪，尤其是冬天時，那些音樂學校的學生，每天晚上在廢墟堆中被燈光照亮的房間裡，努力拉著擦過中提琴、大提琴琴弦的弓，彷彿像是坐在一張木筏上，逐漸地滑進黑暗裡。

「還有一棟建築物是在新教教堂旁邊，一座世紀之交蓋起來的別墅。除了圍著庭園的鑄鐵欄杆和地窖之外，其他什麼都沒留下。到五〇年代，那塊土地完全被植物給占滿了，其中還有幾棵意外躲過大災難的樹，長得茂盛美麗。我們這些小孩常常在那塊意外出現鎮中央的野地上，玩一整個下午。我記得我總是害怕走下往地窖去的台階。聞著潮濕、敗壞的氣息，我覺得我會一不小心就踢到動物或人的屍體。」

二〇〇一年不幸因車禍逝世的德國作家塞伯德（W. G. Sebald）在他的回憶文章裡這樣寫著。他回憶的是五〇年代的德國城市，雖然他在的城市是宋多芬，不過他知道，許許多多戰後成長的德國人，都有過同樣凝視廢墟、在鎮中央野地裡冒險的經驗。

一九四四年、四五年，德國空軍失去了原本近乎絕對的空中優勢，美國參戰，將大量物資與武器送到英國，於是曾經飽受德國人轟炸倫敦之苦的英國人，反過來頻繁出動戰機，襲擊德國城市。

數字看起來，非常嚇人。那兩年內，英國皇家空軍在德國境內投下了將近一百萬噸的炸彈。德國境內有一百三十一個城市受到空襲破壞，其中有許多城市反覆遭到空襲，幾乎被夷為平地。

空襲中造成六十萬德國平民喪生。三百五十萬棟建築炸毀。空襲破壞最嚴重的兩個城市，科隆和德勒斯登，倒下來的房子遠比還站著的多。轟炸造成的廢石廢土，彷彿怎麼也運不完。據統計，科隆的每一個居民，可以分到三十一立方公尺的廢石廢土；德勒斯登更慘，平均每個人分到四十二立方公尺的廢石廢土。

這是人類有文明以來，最巨大、最徹底、最恐怖的大破壞。然而卻也是人類歷史上，所有大破壞，最少為人記得、為人提及的一場。

幾乎每個戰時住過倫敦的人，都寫過倫敦遭到空襲的回憶。燈光管制，窗戶上貼滿的黑紙或密不透氣的黑窗簾。午夜時分，轟隆隆的飛機引擎聲，隨著而來高射砲的聲音，以及炸彈從飛機上落下在街道房子上爆炸的聲音。防空洞裡緊張又無聊的時光。還有，空襲結束後，面對破壞現實的無奈情緒。

這些，變成了二次世界大戰記憶中，不可磨滅的一部分。可是相對地，我們卻很難找到德國人對大轟炸的回憶。沒有火光，沒有巨大的聲響，沒有生離死別的痛苦，沒有，只有沉默。

少數一些留下來的照片，我們看到德國人一群群走過空襲後的廢墟，面無表情，沒有傷悲也沒有憤怒，沒有表情地推拉著板車，運送僅有的一點殘餘財產。都是這樣。安安靜靜地離開被徹底毀壞了的家鄉，想辦法找一個地方，再重新來過。

事實上，整個德國第二次世界大戰後，都處在這樣的心情裡。安安靜靜，什麼都不說，什麼都不能說，埋著頭，將廢石廢土運走，清出土地來，重新蓋上房屋與街道，好像那大破壞從來沒有發生過一樣。只留下一些角落，塞伯德看到的車站和野地，讓後代子孫疑惑到底發生過什麼事。

搬到美國去的德國作家馮內果，就是因為受不了這種沉默，所以才以德勒斯登大轟炸為主題，寫了《第五號屠宰場》。《第五號屠宰場》成就了一部介於現實與魔幻之間，誇張與低調之間的文學傑作，然而卻無從真正打破德國人的沉默。

講到二次世界大戰造成的大破壞，絕大部分的人想到的是，那投擲在廣島與長崎的兩顆原子彈。日本人因而取得了非常奇特的地位。他們一方面是發動戰爭、屠殺侵略國子民的兇手，另一方面卻又同時是戰爭中最大的受害者。做為兇手，日本人跟歷史上其他侵略者，沒有什麼兩樣；反而是在當受害者這事情上，他們取得了特殊地位。日本人是唯一受過原子彈殘害的國家，原子彈爆炸的霎時間，幾萬人同時化為煙塵，不只喪失生命，而且屍骨無存。一時的倖存者，還要受核輻射的長期毒害，甚至生出畸形後代，遺害子孫。

原爆使得日本人得以對戰爭發言。他們不是為自己發言，而是普遍地以原子彈受害者身分發言。日本人受到的恐怖殘害，提醒了世人，原子彈的非人性毀滅本質，才使得擁有核武器的國家，不敢隨便造次。這的確是日本人對世界產生的貢獻，儘管這貢獻不是他們選擇的，卻沒有人能否認。

日本人的發言，更對比襯托出德國人的沉默。德國受到的轟炸破壞，其程度還高過日本。可是德國人不只是對戰勝國，英國美國，絕口不提他們所受的苦難，就連對自己人，他們都不說，而且人人心照不宣，視沉默為當然。

沉默代表深深的罪咎反省。畢竟，德國人屠殺了六百萬猶太人，這筆帳太龐大了，在六百萬數字之前，六十萬死於空襲的德國人，變得輕如鴻毛，不值一提了。德國人保持沉默，因為害怕一提起自己的傷亡，人家反而會更氣憤追究他們犯下的屠殺罪行。

這是一般對德國人沉默心情的理解。

不過，讀了中文版剛剛出版的《一個德國人的故事》，我們卻會有深一層不同的理解。哈夫納（Sebastian Haffner）的這本書，是在納粹統治期間，第一時間的現場記錄，意外地保留了幾十年，到二十一世紀才還原出版。哈夫納記錄了他對納粹、尤其是希特勒的不滿與鄙視之外，整本書還忠實描述了當時德國社會，對納粹與希特勒所作所為，刻意沉默，沒有批判沒有反對的情況。

《一個德國人的故事》，特別強調「一個人」，因為哈夫納感受著強烈的孤獨。周圍的人那麼容易就被沒有道理沒有品味的納粹給收買、給脅迫了，他們紛紛選擇沉默來應對納粹，只剩下哈夫納「一個人」堅決地要跟納粹周旋到底。

保持沉默不反對不反抗的人，都贊成都支持納粹嗎？不是，多少人跟哈夫納一樣，清楚明白納粹的「不對勁」，可是他們決定隱藏、掩飾自己「不對勁」的感覺。

在那個關鍵時刻保持沉默，是讓納粹取得政權的最大助力。在那個關鍵時刻保持沉默的德國人，面對戰爭造成的大破壞、大廢墟，於是，也只能同樣保持沉默了。前面的沉默，才是真正取消了他們戰後面對世界發言勇氣與權利的因素。

在「不對勁」的社會裡，選擇沉默，是件可怕的事。別以為沉默就可以沒有責任。沉默只會使你在後來受到傷害，甚至受到空前最大傷害時，都失去了向世界喊痛與求救的權利。

觀念44

失敗

一八五九年十月十六日，一個下著雨的星期天晚上，十七道黑影逼近位於維吉尼亞州藍嶺山（Blue Ridge Mountain）的美國聯邦軍火庫，趁暗發動奇襲，一舉搶占了這座軍火庫。

軍火庫所在位置，俯望兩條大河匯流處，美國開國元勳傑弗遜曾形容那景色是「大自然間最壯麗的面貌」，「值得為看一眼這美景而渡過大西洋」。

不過帶領發動奇襲的約翰·布朗（John Brown）對大自然美景，一點興趣都沒有，燃起他熱情的，是一股使命感，他相信上帝要他來到世間，盡一切可能終結人類最大的罪惡——美國的奴隸制度。

布朗自己是個白人，但卻不惜為黑奴的自由對抗自己的政府。他心中的上帝，比政府更重要；他看到的奴隸制度邪惡景況，比謀殺、搶奪更低劣一百倍。

一八五〇年代，美國最敏感的話題，就是南北方在黑奴問題上的巨大歧異。在南北交界，態度不明的堪薩斯州，衝突尤其嚴重。蓄奴主義者與廢奴主義者，都視堪薩斯州為必爭之地，絕不可稍讓。

一八五六年，布朗就曾帶著他兩個成年的兒子，在堪薩斯州綁架了五位蓄奴者，將他們活活打死。他主張對待蓄奴者不能有絲毫仁慈，暴力與恐怖手段，最直接最有效可以達成廢奴的目的。

布朗不祇痛恨南方的蓄奴者，他也沒有耐心聽那些北方和平漸進廢奴的意見，他認為廢奴哪有多難，找到對的方法，而且下定決心去做，一夕之間，人類就能祛除巨大的罪，重返上帝的國度。

一八五九年襲擊軍火庫，就是他認定的「對的手段」。他的邏輯很簡單，南方黑奴生活水深火熱，天天都恨不得能逃走，所以祇要在靠近南方各州的地方，占領一座軍火庫，讓消息傳出去，這些黑奴們就會立刻奔走來歸，逃到軍火庫基地來的每個黑奴，都能得到武器，瞬間就聚合成戰力強大、沛然不可抵禦的反奴大軍。有武力在手上，南方奴隸主們祇好屈服。

布朗還想得更遠。一旦南方黑奴都被解救出來，他們可以到西部尋找一塊土地，建立自己的國家，再跟美利堅共和國聯盟而為兄弟之邦。這樣，不祇是實踐了道德正義，也最符合白人組成的美國之利益。

「一個人加上帝，就能扭轉宇宙。」據說這就是布朗的信念。年輕的時候，布朗就將自家位於紐約州北部的農場，建構成為讓黑奴偷偷轉往加拿大尋求自由生活的中繼站。不過年紀越大，布朗越是不耐煩幫助一個個黑奴，他想的、他要的，是以自己和上帝的力量，一舉徹底摧毀南方奴隸制度，「扭轉宇宙」。

那個下雨的星期天，布朗覺得自己站在宇宙扭轉的起點上，祇可惜，事件沒照他想的那樣簡單、直捷地開展。

攻進軍火庫之後，布朗派了三個人守在道路盡頭，負責迎接前來投奔的黑奴。然而這三個人沒接到任何一個黑奴，就先遇上了聯邦軍隊。這支從南方趕來反攻的軍隊，帶隊官恰好是後來在南北戰爭中大放異彩的李將軍（Robert Lee）。論兵力火力，論軍事能力，布朗當然都不是當時李上校的對手，沒花多久時間，聯邦軍隊就收復了藍嶺山軍火庫。

這次戰役的傷亡結果：被布朗綁架的一位蓄奴者和三位附近鎮民，死在交火中。布朗率領的「勇士」中，有十人——其中包括布朗的兩個兒子——陣亡。布朗的另一個兒子，和其他四個人逃走，至於布朗自己，則在受重傷情況下無法逃走，被聯邦軍隊活捉，被送去審判，最終被判處絞刑。

布朗在絞刑台上斷氣的瞬間，李上校興奮地大叫：「人類公敵統統毀滅吧！」然而在南方人眼中的「人類公敵」，卻在北方人心裡成了英雄，死掉的布朗，比活著的布朗，引起更大的好奇與注意。

人們，尤其是北方的人們，不得不問：「為什麼有人寧可犧牲自己的生命，將兒子也一起送上最危險的火線，祇為了要幫助跟他完全不相關，他也根本不認識的黑奴？」人們，尤其是北方的人們，不得不進一步問：「為什麼這個人具有如此的勇氣與自信？為什麼他不曾懷疑過上帝是站在他那一邊的呢？」

一項表面上看來衝動、愚蠢的行為，一項實質上明確失敗的行動，卻在其愚蠢與失敗的刺激下，有了新的生命。因為人們穿過實質事件與行動，看到了後面的原則思考。不是那麼多人會同意布朗的做法，然而越來越多人認同他之所以如此愚蠢、如此失敗的那份原則。布朗還是個行動上的失敗者，但同時化身成了原則、道理上的聖人。

遠在法國的小說家雨果，特別寫信請求美國聯邦政府，釋放當時還關在牢中等待執行死刑的布朗。雨果稱布朗是「再臨的基督」。美國哲學家愛默生則說：「他受苦，將使得絞刑架發光，如同十字架般。」寫《湖濱散記》的梭羅，公開發表了陳情書，愛默生的兒子特地趕去聆聽，他事後形容：梭羅在唸陳情書時，「彷彿被那陳情內容燒著了」。

北方對南方的不滿，因為布朗事件升高了。北方的道德裁判傾向越來越強，南方護衛自己蓄奴利益的危機感也隨而強化了。一八六〇年，明確主張廢奴的林肯當選為美國總統，南方譁然，聯邦分裂，南北難免一戰，歷史到此走上了不歸路。

美國南北戰爭，起因於南方要脫離聯邦，林肯是以維持聯邦與憲法完整性為由發動戰爭的。然而戰爭當中，刺激、鼓舞北軍士氣的，與其說是聯邦、憲法，還不如說是布朗及其留下的廢奴英雄事蹟。

北軍士兵人人琅琅上口的歌曲，就有一首叫〈約翰．布朗〉，歌詞最後一句說：「現在，光輝的聖典來臨了，所有人統統自由。」唱著這樣的歌，北方軍隊慢慢將戰爭的焦點，從政治性的，轉變成了社會性的，還轉變成了人道性、原則性的。

別小看抽象原則的力量，也別太簡單用成敗論英雄，正義、道德，大部分時候看來很迂腐、很遼遠，然而人類歷史的突破，常常靠的就是這種迂腐、遼遠的原則，才造成的。

約翰・布朗的恐怖屠殺的現實主張，是不足取的。然而現實上的失敗，無法掩蓋他「非現實」的一面，願意犧牲自己的利益、福祉，乃至生命，來為別人的自由奮鬥，這種精神，反而被失敗淬鍊得更光耀、更美麗。

觀念45 科技

「那個小銅鑵裡藏著某種神聖的東西……那不知名的神聖東西大大地幫助了我們，將我們從兩個鄉下農莊小歌手，轉型成『上城』風格，變得能被買唱片跟聽收音機節目的人接受，這就是我們走運的全部祕密。我們的聲音和麥克風相合。」

這是歐頓‧戴摩（Alton Delmore）自傳裡的一段話，形容一九三一年的一段經驗。歐頓‧戴摩是美國三〇年代紅極一時鄉村樂團「戴摩兄弟」的主唱，他們在一九三一年第一次透過錄音設備，聽到自己的聲音。那段話裡說的「小銅鑵」，指的就是當年稀奇、不得了的錄音機，經過錄音機的中介，鄉村男孩的歌聲，被廣大買唱片、聽收音機的人接受了。

我做廣播節目，已經有好多年的歷史了。不過我幾乎完全不聽自己錄音的聲音。聽機器裡傳來自己的聲音，總讓我渾身不自在。那聲音不對。那聲音比我想像的急促而且尖銳，我知道那是我的聲音，但就是不對。

一個多年未見的高中老友，最近從美國回來相聚。見面沒幾分鐘，老友就對我說：「你講話變慢了，以前不是這樣講話的。」

是啊，我講話當然變慢了，不祇變慢，而且還變得牽拖、猶豫，甚至不時夾雜些結巴重複。我自己也感覺到了。雖然盡量不聽錄音裡自己的聲音，畢竟還是擺脫不掉經過錄音後聲音反射留下的印象。無可避免地，因為覺得自己講話太快、太急促、太咄咄逼人，這幾年我會下意識地放慢講話速度，而且在前一句話和後一句話中間，穿插一些無意義的、空洞的、反覆的字詞，用來稀釋語言的濃度，也降低自己說的話可能帶給人家的壓迫感。

如果從來沒聽過自己歌唱的聲音，歐頓．戴蒙不會曉得，什麼樣的聲音「和麥克風相合」。聽過錄音聲音了，戴蒙兄弟唱的歌，當然會越來越趨向「和麥克風相合」了。

同樣的道理，如果沒有聽過錄音後送出來的自己講話的聲音，我可能到今天仍然用急促、連珠炮式的速度講話。一旦聽過了、自覺了，再怎麼抗拒，我還是慢慢朝著一種比較慢的、比較寬緩的「對的」說話方式調整。

錄音之前、錄音之後，人類的聲音發生了具體的變化，我衹是其中一個小小的例證。錄音技術發明之前之後，最大的變化正是聲音有了「模式」，有了清楚觀念，覺得什麼樣是「對的」聲音，什麼樣是「不對的」聲音，而「對」與「不對」的評斷標準，不正就是「與麥克風相合」嗎？

不妨試著去聽聽看一九三〇年代之前，錄音技術剛出現，卻還沒有普遍時，留下來的人類聲音。例如哈瑞・史密斯（Harry Smith）蒐集翻錄的經典「美國民謠選集」。「選集」裡大部分是二〇年代到三〇年代初期的音樂，那個年代，唱片剛剛發明，「唱片工業」卻還沒成形，出唱片的人衹知道帶著錄音設備到處找會唱歌的人，錄下他們平常唱的歌，壓成唱片就送上市場去賣了。他們還不知道要如何「培養」歌手，更不曉得教歌手唱出他們認為會賣的歌曲或歌聲。

特殊的條件，意外留下了淳樸的記錄。

一九五二年史密斯出版這套「選集」，聽過的人幾乎都衹能用「驚訝」來形容他們的感受。才二、三十年時間，大部分人已經忘掉原來「美國民謠」長這個樣子。明明來自於美國民間，農莊、小鎮、山城，這些聲音聽起來卻如此奇怪、如此陌生。

這套「選集」後來曾多次翻製再版，從七十八轉黑膠唱片換成三十三轉，後來再換成CD。最新最完整的版本，應該是一九九八年由史密松基金會（Smithonian）出版的豪華套裝，還附詳細解讀。

聽聽看「美國民謠選集」裡的音樂吧！最突出的特色，是那些樂器，不管是吉他、小提琴或班鳩琴，竟然會發出那麼多那麼不同的聲音，裡面充滿了「不對的」演奏法弄出來的怪異音色，更怪的是那些人唱出來的歌聲。無法形容的唱法，太高太低太粗太細太平板太誇張，源源淌流出來，挑戰了我們對於「唱片」聲音的印象。

他們的聲音聽來太高太低太粗太細太平板太誇張，不是他們的問題。他們就是用這樣的聲音，日復一日在自己的環境裡，表達自己的情感。對他們而言，歌就是這樣唱的。他們唱著自己的歌，他們的聽眾，也就被這樣的歌聲感動了，聽見了他們歌聲中要傳達的東西，一點困難，一點障礙都沒有。

這些樂手歌手，活在錄音技術出現前的世界裡。他們連自己的聲音都沒聽過，無從比較，也就無從不好意思，大剌剌理直氣壯按照自己的方式，唱就唱了。

錄音技術服務我們，錄音技術同時也改變了我們。讓我們再也不好意思用「和麥克風不相合」的方式發出聲音，讓每個人的聲音越來越接近麥克風、唱片與收音機所設定的標準。我們就失去了不同的音樂可能性，那些太高太低太粗太細太平板太誇張的音樂被淘汰消失了。

當然不是祇有美國有這種情況，位於高雄的「亞洲唱片公司」，九〇年代初期曾經整理五〇年代台灣老歌，大手筆翻成CD出版，那套唱片裡，我們不祇會聽到洪一峰、洪第七、文夏的演歌風格，還會聽到少女時期陳芬蘭、或是經常與洪第七合作的莊明珠的歌聲。那歌聲，絕對不是今天的歌手可能仿效再製的。

不祇是時代音樂品味的改變而已，而是一種越來越狹窄、越來越統一的聲音規範，幾十年來透過錄音，徹底改造了這個社會的耳朵，我們祇聽得到，祇願意去聽，大家認定「和麥克風相合」的聲音。就算具備少女陳芬蘭或莊明珠那樣聲音條件的人，她們大概也早早棄絕了用那種方式唱歌的可能，轉換成KTV裡學來的一套「標準」吐氣換氣、高低處理樂句的習慣。

畢竟，就連陳芬蘭自己，多錄幾次音、多聽聽自己的聲音，便也毫不珍惜地放棄了少女時代那種低啞滄桑唱法，改而追求豐潤甜美了。

廣告詞說：「科技始終來自人性」，但事實上科技沒那麼低調、那麼謙卑，科技一直在改變人性。語言是人性的一部分，更是思考、價值的依賴，說話變慢、變猶豫了的我，當然不等同於說話急促、趕著思考下一項想法的我。這樣算是變好還是變壞呢？我不知道。但總歸是改變了，被改變了，無法扭轉地被改變了。

觀念46

經濟算計

一億六千萬年前，地球陸塊分裂開來，馬達加斯加島從非洲離開。那是恐龍在地上、水中、空中繁殖活動的年代。

然後小行星撞擊地球帶來了毀滅性的煙塵，遮蔽植物賴以生長的陽光，間接使得恐龍「大滅絕」。不衹恐龍絕跡，事實上馬達加斯加島的大部分動物，全在那場災難中消失殆盡。沒有原生動物，使得馬達加斯加島成了一塊生態實驗場，每隔幾百萬年，就有新的動植物透過不同方式移至馬達加斯加島，在上面互動繁衍。對演化物學家來說，馬達加斯加島是再棒不過的生態圈。馬達加斯加島受鄰近非洲動植物生態影響，卻又和非洲的演化不同步。有些在其他地方已經絕種的生物，在馬達加斯加島保留下來；更常見的是，許多生物遷到馬達加斯加之後，進行了完全不同的演化過程。

估計生物學家在馬達加斯加島上發現的動植物，有將近一萬種不曾在別的地方出現過，其中包括二十多種最原始的靈長類動物，也包括全世界最大和最小的變色龍。當然，誰都不能忘掉馬達加斯加島上多到嚇人的種種蜥蜴，體型不同、色彩不同，甚至連面部表情都不同。

如果要選一個最值得保存的地球生態區域，你選哪裡？至少應該考慮最是獨一無二、無可取代的馬達加斯加吧！

然而不幸地，馬達加斯加早已不是我們想像的那種蠻荒大地了。當然，馬達加斯加島上不會有像紐約那樣的大城，連像台南或中壢一般規模的都市也沒有，不過，這並不意謂馬達加斯加沒有「開發」。

馬達加斯加島上的馬拉加西人，千年來一直過著「火耕」的簡單生活。這種生活，簡單且貧窮，卻是生態的大災難。他們用火燒掉森林樹木，在燒出來的空地上種植兼養牛，然而沒有了樹根保護的表土，很容易就在大雨中被沖蝕掉了，露出內裡的岩層。岩層上能長什麼作物？夠養什麼牛？於是很快地燒出來的土地不足養活那裡的馬拉加西人，他們祇好換另一個地方，再去燒起了另一把火。

被人類燒過、用過的土地，雖然祇是最低限度的「開發」，也祇帶來極小極小的農牧利益，卻就再也回復不了自然原貌了。沒有表土連草都活不了，何來樹木森林？沒有樹木、沒有森林，又怎麼會有動物棲息生養的條件呢？

在某個意義上，我們從國家地理頻道、Discovery 頻道上看到的馬達加斯加豐富生態影像，祇是假象。那些森林動物，轉著大眼睛靜悄悄就變化了身上顏色的變色龍當然是真的，可是牠們存活的自然植被區域，目前祇占馬達加斯加全島不到十分之一的面積。而且這些幸運保留下來的地帶，幾乎都是地形惡劣不利人類活動，散落在島上各個不同角落。

馬達加斯加島那麼大，上面祇有少數的馬拉加西人生活，然而馬拉加西人卻過得如此貧困。一直到現在，進入二十一世紀了，馬拉加西人還有繼續使用手工自製農具的，這些連斧頭、長矛這種鐵器，都還是最近二十年間，才在馬拉加西文化中逐漸普及，這些連大部分第三世界窮國都視為稀鬆平常的東西，在馬達加斯加島還是昂貴的財產。

我們在這裡遇到了一個巨觀的經濟大浪費。大量的自然資源被破壞，還有許多稀有物種，在他們基因裡藏著解開演化之謎答案的物種，因而瀕臨絕種，但是換來的，祇是極為微小的人類經濟生活利益。

我們很容易可以用今天盛行的經濟數量公式，算出馬達加斯加島的經濟總生產。不管用耕地平均生產收益算，還是用馬拉加西人平均收入算，馬達加斯加每年經濟規模，再怎麼樂觀算，頂多都祇有幾百萬美元吧。

幾百萬美金，祇夠台灣向美國買幾顆飛彈，或買一架攻擊直昇機，這樣的數字，竟然就可以養活馬達加斯加島的人，取代他們無效率低產出的農牧業。

也可以這樣換算，美國卡通片《馬達加斯加》的製作預算，也許夠馬達加斯加島「火耕」停止十年。加上宣傳費用的話，說不定夠用十五、二十年。

「火耕」如果停止十年，當然就有較大機會讓僅存不多的原始植被區域不受破壞，棲息其間的動物基因，不會從地球上滅絕。

如果單純從經濟計算上看，那麼低的成本，為什麼不投入？為什麼沒有人投入，真正去解救、保存馬達加斯加的生態呢？

因為，單純從經濟計算上看，我們雖然算得出投入很低廉，卻算不出來——那保留馬達加斯加生態的經濟收益有多少？在沒有收益數字的情況下，那麼再少的錢也無法引發人家願意投資了。

這正顯示出單純經濟計算所帶來的困窮。保留馬達加斯加生態，也不預設未來的利用，那麼在經濟計算上，其價值就祇能是零。儘管經濟學裡近來多增加了風險概念、未來成本的概念，雖然我們可以論證說保留馬達加斯加自然植被可以預留地球基因多樣性，也可以放出氧氣平衡二氧化碳濃度，降低未來解決温室效應的開銷，然而這些論證都有一個致命的缺點——無法明確量化，算不出數字來。

這也就是為什麼人類面對許多明明可以預防的毛病時，總是錯失時機，要等毛病造成災害，再來進行搶救。因為預防帶來的效益，無法量化估算，搶救補救的花費卻可以清楚算出來。我們活在一個沒有數字就不會思考、衡量得失的時代，這是關鍵。不祇是經濟學的問題，但做為資本體系背景的經濟學帶來的一套計算習慣，卻一定扮演了重要角色。

經濟上簡單的成本投入與收益產生二元概念，理性且簡潔地收拾整理了世界紛紜複雜現象，使其彼此之間構成可以共量互換的關係，省了我們許多腦力、少了我們許多困惑。但是，世界不會因為人類的思考簡化過程，就真的變得簡單、各歸其位，不再有超出數學公式的部分。

不，世界的複雜與紛亂，依然一如往昔。祇是我們惰性偷懶地不再學習比較複雜的評量概念。用經濟計算來統一全世界，最後我們就會得到一個簡化無聊，不再能保護大蜥蜴、變色龍的無情世界。

觀念47

偉大

德國詩人里爾克（Reiner Maria Rilke）在一九二六年，五十一歲英年時去世，他的死因，從醫學的角度看，是白血病惡化，白血球大量增殖，以至於吞噬了自己的器官與組織。

不過如果從現實的、生活的角度看，里爾克之死，死於一朵玫瑰花。他在院子裡為了想摘一朵玫瑰花，稍稍不小心，就被玫瑰的尖刺刺傷，沒多久，里爾克就臥病不起，永離人世了。

當然是後面這種角度呈現的，比較接近、比較符合里爾克做為一位偉大詩人的形象，也比較接近、比較符合里爾克詩中透顯出來的精神。

里爾克最重要的作品，包括了極度神祕極度哀傷的十首〈哀歌〉，也有一首〈給朋友的安魂曲〉。〈安魂曲〉裡這樣幾句讓人難忘的詩：

「我有我的逝者／我必須讓他們放手離去／多麼訝異地見到，逝者如此安分地／迅速適應了做爲逝者的身分，如此愉悅／完全不像別人描述的逝者。祇有你／回來了；從我身邊掃過，摸索著，試圖要撞上／什麼東西，以便發出聲響來顯示／你的存在。喔，別取走我／好不容易慢慢學到的……

「這樣不對的，如果有任何不對：／不去拓展愛的自由／用一個人擁有的一切內在自由去拓展，是不對的／在愛之中，我們祇需練習這個：／讓彼此放手離去。因爲要緊緊抓著／很容易；我們不需要學習。

「在某處，藏著古老的敵對關係／我們的日常生活與偉大作品之間／請幫助我，眞正瞭解我剛剛說的那句話。／別回來，如果你忍得住，／當個逝者留在逝者之間。逝者，有自己的工作要做……」

這幾段詩句，如此多情卻又如此無情。要用一個人內在所有的自由，去拓展愛的自由，然而讓愛自由的方法，卻是要號召逝者的魂靈不要歸來，不要遊蕩在人的生活裡，該維持在逝者之間。

怎麼解釋這多情與無情間看似的矛盾？關鍵應該在於「日常生活」與「偉大作品」這兩句詩裡吧。里爾克，以及他那一代的詩人、藝術家們深深相信，「日常生活」與「偉大作品」彼此敵對。人必須超越了「日常生活」，或用尼采的話說，「超越人性」，才能感受偉大，才能追求偉大。

逝者離開這個世界，也就是離開了日常生活，離開了所有那些瑣碎無聊的人的耽溺與限制。因此，對著逝者，對著不再存在的對象，我們的愛得到了自由，不必再被日常生活的喜怒哀樂所限制，於是那愛才有機會觸及「偉大」。

里爾克試圖用他那優美卻弔詭的詩句告訴我們：人的本能是想要將親人、朋友緊緊抓住，即使他們死了，都不讓他們離開這個世界的日常生活，要他們繼續留在我們自己的瑣碎無聊之中；然而真正的愛，朝向偉大自由的愛，卻是要放手離開，至少學著放手離開，祇有讓逝者放手離開，與我們的日常瑣碎了無關係，我們的愛，才會偉大。

這樣的里爾克，一直不斷試圖用他的詩來超越日常生活、超越人性規律的詩人里爾克，他應該不會要自己生命終結在一個科學的因果上，白血球因手上傷口刺激而增殖，超過本來就飽受白血病折磨的病體負荷。這樣的死，像是日常生活中的一部分，遠不如死於一枝玫瑰花刺，來得特殊、來得有意義。

科學追求通則，因為通則的發現，使得人類控制外在環境的能力大為增加，這是西方文化的重要貢獻。然而值得提醒的，西方文明裡不祇有追求通則的科學，還有一股巨大的、追求偉大的人文精神。尤其是近代的發展，追求偉大、擺脫日常與瑣碎的精神能量，才真正塑造了西方文明的特色。

甚至就連科學，也都大大受益於這種「偉大」追求。儘管科學最終建立的，是一條條可以反覆不會改變的定理與通則，然而驅使人去尋找、發現這些規律的，不是規律本身，而是超越規律的偉大衝動。

一個學習規律、安於規律的人，不可能成為好的科學家。因為他祇會學習已有的答案，祇會陷溺在一堆現成的規律之中，擺脫不了、超越不了，當然也就無從去發掘出新的答案、新的規律了。

更明顯地，陷溺在日常生活的瑣碎算計裡的人，更無從理解偉大，無從參與人類文明的創建與擴張。偉大的人、偉大的貢獻，幾乎都來自超越的、探向極端的嘗試。

例如貝多芬。很多人喜歡強調貝多芬耳聾後還創作不懈，佩服他超越己身障礙的決心與毅力。其實，貝多芬的音樂本身，也朝不同方向不斷探測著人類極限所在，音樂與聽覺交錯可能性的極致試驗。

很長一段時期，貝多芬同時創作交響樂曲和鋼琴奏鳴曲，他留下了知名的九大交響樂和三十二首鋼琴奏鳴曲。在交響樂中，貝多芬一次又一次試驗，可以將多麼不同的器樂聲音，經由樂句、曲調、節奏、結構的安排，整合在一起，讓人聽不到那個別的樂器，祇領受到完整的交響聽覺經驗。他一試再試，到了第九號交響樂曲，甚至成功地將人聲與器樂完美結合，天衣無縫。

另一方面，貝多芬的鋼琴奏鳴曲卻是試驗著要讓剛改良過的現代鋼琴，發出最多最豐富最複雜的聲音。明明祇有一種樂器，明明這樂器祇能靠敲擊琴絃製造音樂，貝多芬卻一定要試試怎麼讓它吟唱、怒吼、低誦、尖叫……

交響樂，探測化繁為單純單一的可能性；鋼琴奏鳴曲，反過來探測讓單一樂器發出最多聲音的可能性。貝多芬一個人同時進行這兩項超越人類日常經驗的「極端」試驗，卻獲致了驚人成果，這才真正使他離開庸俗瑣碎，進入「偉大」的殿堂。

很難看到一個社會，像現實台灣，對「偉大」如此無動於衷。理由，至少部分理由，應該就在：我們深深沉陷在當下日常生活裡，對日常生活付出驚人的注意力，以至於使我們渾然忘卻了，還有日常生活以外的其他東西存在。祇知道新聞、沒有歷史也沒有未來幻想的社會，很貧瘠很可憐。祇知道現實，祇算計現實，算著日常生活裡的瑣碎金錢得失，因而從來沒有機會與「偉大作品」精神交會的人生，更是貧瘠更可憐。

觀念48

巨變

戲劇性的開端，戲劇性的結束。

一九七七年，美國古生物學家顧爾德（Stephen Jay Gould）接連出版了兩本書，一本通俗一本學術，通俗的那本成了暢銷書，學術的那本引起了衆多同行爭議。通俗的那本，書名叫《達爾文以來》（*Ever Since Darwin*），是顧爾德替《自然史》雜誌按月撰寫的專欄結集，一共收了三十篇基本上與古生物學、演化理論有關，題材卻五花八門的文章。

此後二十五年，顧爾德全無間斷地定期寫他的專欄，用他自己的話形容：「從來不曾被癌症、地獄、洪水或職棒世界大賽打斷過。」而且同樣規律地，每累積三十篇就集結成書，也幾乎沒有任何例外，管他地獄或洪水或世界大賽，這系列的每本書都會賣上暢銷書排行榜。

寫了二十五年，整整三百篇，顧爾德自己決定停筆。最後三十篇編成了第十本文集，標題叫《我已然登陸：自然史上一個開始的結束》（*I Have Landed: The End of a Beginning in Natural History*）。這本書二〇〇二年出版的同時，顧爾德的另一本學術專著也出版了，厚達一千頁的《演化理論的結構》；幾乎和二十五年前一模一樣，通俗的文集立刻成了暢銷書，學術專著立刻引起了同行熱烈討論。

兩本書出版沒多久，與癌症搏鬥多年的顧爾德就溘然長逝了。他的名聲、他的社會角色，在一九七七年開端於兩本書，打造了他跨越領域的雙重身分；二十五年後，其實才六十歲的顧爾德的生涯，也以兩本書，分別代替兩種身分成就的兩本書做結。這種經歷四分之一世紀的一致性（consistency），構成了顧爾德生命戲劇性的主軸。

另外還有一重戲劇性，則是來自於顧爾德其人與其學說之間的高度對比反差。顧爾德其人是不管「癌症、地獄、洪水或世界大賽」都堅持固定交稿的專欄作家，一生堅持古生物學家與科普作家兩種身分並存並行並重，始終平衡一直到底，可是他所提出來的生物演化理論，卻惹來那麼多議論，甚至反對。他主張：演化不是平順、漸進的過程，大部分生物大部分時刻，儘管環境變動了，也不演化的，而是要到某個關鍵時期，有了新物種突變產生，演化才朝前突然大躍一步。

換句話說，顧爾德提出的演化圖譜，不是規律、累積的，而是階段式跳躍的。達爾文原本的理論想像，每個生物自體就會隨應環境變化進行演化調節，環境一直在變，演化就一直在進行。所以從短頸鹿變成長頸鹿，在漫長時間中，牠們的脖子應該會慢慢越變越長，這一代比下一代長幾分，下下一代又比下一代又再長幾分，祇要脖子長長具有演化適應上優勢，就會一代代持續累積。

可是從小就迷上化石，立志當古生物學家的顧爾德，卻堅持認為從古生物化石上，看不到這種漸進變化。古生物化石裡看到的，是每一物種都維持了相當高度的結構穩定，我們看不到物種逐漸變形，而是看到形貌功能很不同的物種，突然出現崛起。

受到科學史家孔恩（Thomas Kuhn）提出的科學史結構論影響，顧爾德想像：每個物種都有其抗拒變化的慣性，也有學習、調整行為的能力，所以當環境剛開始變化時，物種會優先選擇改變行為來應付，不會立刻顯現演化跡象。必須要到環境變化壓力持續累積，大到使得某種突變產生的個體，有了演化上的明確優勢，原本的物種形態才會被取代。換句話說，演化，不像達爾文主張的那樣，在生物個體層次進行，而是在物種層次上發生。沒有個體的漸進演化，祇有物種的跳躍演化。

生物學界對顧爾德的「大膽假設」，頗不以為然。首先依照學術分工慣例，研究化石的古生物學家，向來是出勞力挖掘珍貴資料，自己不去思考、形成理論的，因為化石證據，從統計上看，選擇性與偶然性太高了。有化石可以證明什麼東西存在過，然而所有的化石資料加在一起，卻仍不足以讓我們確認什麼事是沒發生過的。很可能祇是剛好還沒找到這個環節的化石證據，當然不表示這個環節不存在。

顧爾德以古生物學家身分搞理論，而且搞的還是立場這麼強烈，向達爾文嗆聲翻案的理論，難怪招來那麼多爭議。有一段時間，生物演化學界，每次開重要學術研討會，幾乎都要因為顧爾德的理論，大吵一架，吵得大家面紅耳赤。

二十幾年吵吵嚷嚷下來，到寫《演化理論的結構》時，顧爾德的態度軟化了不少。他不再主張演化祇在物種層次進行，而是提醒：除了個體層次之外，還有物種層次的演化，不該被忽略。如果要完整重構演化圖譜，除了生物個體之外，我們還要看比生物體更小的單位，例如基因層次的演化；也要看比生物體更大的單位，例如物種層次的演化。

顧爾德的退讓，實在是因為既有的生物變化，有太多不容忽視、更不容否認的個體演化證據了。不過他的退讓，卻絕不代表他所提出的間歇性、跳躍式演化圖像沒有了意義。

事實上，以一種間歇的、跳躍的眼光，重新整理自然變化，是最近幾年科學界的空前潮流。例如對從格陵蘭數萬年累積冰層中鑿挖出的舊冰做的氧同位素分析，明確地顯示了地球的氣溫，既非長久不變，也不是漸次變冷或變熱的。如果要變，不管是變冷或變熱，幾乎都是短時間就快速出現的巨變。同樣的現象，也在殘存的植物遺跡探索上得到了佐證。大量的同種植物快速滅絕，他種植物快速出現、擴散，幾乎才是過去幾千年大自然界的真正「常態」。

我們曾經以為自然最大的美德是「穩定」、「恆久」，我們曾經以為人最大的特色就在我們的主觀任意性。然而透過像顧爾德這樣帶著尖銳眼光去重估自然歷史的學者分析，我們被迫修正以往對自然的刻板印象。

或許大部分時間，自然是沉靜的。不過一旦變化要來時，自然提供的幾乎毫無例外都是「巨變」。巨變洶洶殺到，不給什麼準備或喘息的空間。不管大自然是不是因為人類的倒行逆施而「反撲」，有一件事是確定的，在大海嘯侵襲後看來更確定，那就是我們必須調整對自然的認識，必須重新以「巨變」的階段式跳躍，理解自然、看待自然了。

觀念49

目標與結果

一九六六年，美國聯邦最高法院大幅修改了關於「集體原告」的訴訟規定。這項改革最主要的著眼點，是希望法律能在風起雲湧的反種族歧視運動中，扮演更大的角色。

五〇年代以降的「民權運動」，大幅提高了美國黑人的平等意識，也通過了許多賦予黑人更多權利的法案。然而這些法案落實下來，就碰到嚴重問題，在與歧視相關的事件中，遭到歧視的人本來就是弱者，他們無權無錢，沒有辦法跟優勢歧視者對簿公堂，於是當年充滿「行動主義」熱情的最高法院，就設計了一套訴訟辦法，方便受歧視者集結團體力量，用「集體原告」身分，向歧視者興訟求償。

本來為處理種族歧視「量身定做」的這套法規，後來卻有了意外的發展。有一支朝向污染案件發展。環境污染問題，製造污染的幾乎都是大企業大工廠，他們財大勢大足以影響政客，也請得起最好的律師在法庭上為自己的利益辯護。相對地，遭污染所害的往往是升斗小民，他們哪有資源去對抗不義的資本家呢？一九六六年改革之後，立刻就有律師們發現：用「集體原告」方式，來向大企業要求污染賠償，會是項好生意。一個受害者，工廠不怕，十個受害者，他們也不怕，然而如果有一百個、兩百個受害者聯名興訟，他們可就不能再掉以輕心了！

還有一個新興訴訟領域，也隨一九六六年改革而在美國興起。那就是「股民權利運動」。在此之前，散戶在股市投資，有賺有賠，賺了額手稱慶，賠了也衹能摸摸鼻子認栽。在權利義務關係上，投資股市和進賭場其實沒有兩樣，願賭就要服輸，不能說輸了還要跟莊家討錢。

可是就有眼尖嗅覺敏感的律師，發現股民也是「集體原告」的適當候選人。他們的邏輯很簡單：如果市場上有一支股票快速下跌，一定有很多股民因而受害，律師就可以介入把這些人找出來，聯合對害他們賠錢的公司提出控告。告什麼？告這家公司經營者內線交易、假造財報、貪污腐化……隨便什麼都好。

可是這樣告，有憑有據嗎？不怕，反正一旦提起訴訟，原告律師就可以由法院取得調閱各種文件、向各方人士取證的資格，再慢慢來找蛛絲馬跡。

不管找得到找不到證據，在這過程中，被告的公司一定搞得雞飛狗跳、不堪其擾。於是最常見的狀況是：被告的上市公司，沒等到真正上法院去打曠日費時的官司，為了省事為了防止商譽進一步受損也為了怕股價受到影響，祇好選擇拿出錢來跟興訟的律師和解。

有一家設在加州的律師事務所 M. W. B. H. & Lerach 就專門打這種官司，而暴得大名大利。九〇年代中，這家事務所的總收益高達六億五千萬美元。而所有上市公司的經營者，幾乎都聞其名而色變，對這家事務所恨之入骨。主要的大公司，股價曾經有比較大幅波動的，幾乎都被他們告過，英特爾（Intel）被他們告了五次，3Com 也被告了五次。業界的基本共識，這家律師事務所幹的就是「合法恐嚇取財」，是「狡猾的經濟恐怖分子」。

這家律師事務所和大企業間的緊張關係，甚至驚動了美國國會和白宮。一九九五年，美國國會通過《隱私安全訴訟改革法》，限縮類似訟案原告律師的權利。依照新法，針對上市大企業的訴訟提出後，被告公司得以先向法官陳述理由要求撤案，必須等法官明確拒絕撤案，認定此案有成立理由，被告律師才能開始調卷取證。

《隱私安全訴訟改革法》的用意，是斷絕像 Lerach 這種事務所，先告再想辦法、邊告邊找證據的方便手法。此案通過後，律師就先得花錢花時間自己找到有問題的資料，才能開始進行訴訟。Lerach 當然看得出來此法對他們這行的殺傷力，緊急大動員，發揮政治影響力，竟然說服柯林頓總統否決該法，不過否決送回國會，卻又被國會推翻了。

《隱私安全訴訟改革法》付諸實施，許多人都幸災樂禍預言，Lerach 完蛋了。然而沒想到，五年過去，Lerach 沒有倒閉，也沒有轉移業務焦點，竟然比以前更發達更厲害。《改革法》的重重限制，讓本來也從事這行，和 Lerach 競爭的其他事務所，紛紛退出，反而衹剩下口袋最深，花得起人力物力做訴前調查的 Lerach 一枝獨秀，真正壟斷這塊訴訟領域。

進入二十一世紀，Lerach 更加活躍，也更加惡名昭彰。他們成了橫行股市肆虐大公司的蟑螂，打不死除不掉，永遠的麻煩。Lerach 雖然賺錢，可是壞名聲卻也讓他們在法官面前越來越吃不開，許多案子還沒審理，法官一看原告代表律師，就直接把案子駁回，二〇〇一年中，這家事務所告了 WorldCom、告了 Tyco、告了 Martha Stewart，統統都沒能成案。

不過他們告另外一家當紅公司的案子倒是成立了。那家公司就是後來惹出大禍的恩隆（Enron）。

恩隆戲劇性地垮台，同時也給 Lerach 的名聲地位帶來了戲劇性大逆轉。尤其是主控恩隆公司的律師 Bill Lerach，一夕之間從商界人人喊打的過街老鼠，成了洞悉美國企業邪惡的先知。Lerach 長年來靠將所有大企業經營者及他們雇用的會計師、財務長，刻畫成一群腐敗的騙子來獲取他們的法律利益，恩隆案之後，美國社會大家都相信：原來所有大企業的經營者，以及他們雇用的會計師、財務長，就是一群腐敗的騙子，他們不得不佩服 Lerach 的真知灼見了！

於是本來將幾樁訟案否決掉的法官，也不得不重新考慮重新開庭了。那麼多出問題的大企業都被 Lerach 告過，當然更顯這家律師事務所的遠見與正義勇氣了。

這種時候，當然不會有人去究查，那還有許多沒出弊病的公司也都被他們告得七葷八素，又是怎麼回事了。由魔而神，這家律師事務所完成了其「不可能的轉型」。

這整個經過，多麼明白地顯現了一項社會事實：現代社會要求我們進行「目標性」的思考，做任何事任何改變，一定會有其原始目標。然而現代社會的變數太多，互動太複雜，最後發展出來的結果，幾乎都不可能和原本的設想完全一致。

目標與結果的不一致，會讓我們在觀察分析社會現象時，掉入兩種陷阱裡。一種是：祇看後來結果，而完全遺忘了原本制度設計的精神、用心。第二種剛好相反：死抓住制度目標，卻看不到與目標不符合的現實結果。

真正的社會實況，永遠在目標與意外結果的辯證變化中。探討為何如此目標會帶來如彼意外結果，常常才是使我們能夠深入理解社會運作的有效管道。

觀念50

壓倒性

七〇年代曾經大紅過的美國歌手灰狼 Lobo，有一首歌叫〈我怎麼告訴她〉（How Can I Tell Her）：

「她知道我何時寂寞／我哀傷時她哭泣／好日子她昂奮／壞日子她沮喪／我們能共同討論未來／我也能捏造藉口／夜裡不抱她／每當我失去鬥志／她總是知道該怎麼辦……」聽起來像是讚頌一位完美情人的歌？且慢，下一句突然說（彷彿深深嘆一口氣）：「但是，她不知道妳／我怎麼告訴她關於妳的事……」

原來，真正要在歌裡訴說的，是劈腿心情！前面描述的溫柔貼心完美情人，是這個男人準備要拋棄，不得不傷害的對象。

我們忍不住要問：如果那個情人真的那麼好，唱歌的傢伙，你怎麼會愛上別人呢！你怎麼忍心要告訴她你移情別戀、要傷害她呢？

可是問到這裡，我們卻又自己猜到了答案，具體生活經驗給我們的痛苦答案：是的，人不見得總是做對的選擇，好的、對的、甚至完美的東西，往往反而抵不過不那麼好、不那麼對、不那麼完美的，如果那不夠好、不夠對、不夠完美的，卻能激起熱情的話。

理智無法戰勝熱情，當熱情激迸時，理智中認定的對，都會被橫掃到一邊去的。不然愛情怎麼會沒有正確答案？不然球迷們怎麼常常幹出奇怪的事來呢？

到目前為止，王建民是個「對的」大聯盟先發投手。他總能把球路壓得低低的，把失投降到最少，臉上毫無情緒波動反應，先發六場，中繼一場，祇被打出一支全壘打。

王建民還是個「高效率」的投手。他不刻意飆球速、不追求奪三振次數，祇要能夠先搶到球數領先，他幾乎都能讓打者打成滾地球出局。對手從王建民手上打出去的安打，很少有直接平飛射到外野去的。喔，還有，他的四壞球保送，除了開場一、二局，也都維持在相當低的比率上。

王建民這些都做對了，然而不管台灣觀眾、球迷有多高的期待，我還是要說句潑冷水的話，當「對的」投手，不足以讓王建民留在大聯盟，尤其不足以讓他安全留在棒球殿堂中的殿堂——紐約洋基隊。

年年花大錢、常常得冠軍的洋基隊，惹來很多厭惡。尤其是洋基老闆史坦布萊納，更是眾多球迷十手所指的對象。史坦布萊納有什麼可惡？他最可惡的地方，在不擇手段追求勝利，而且追求壓倒性的勝利。

史坦布萊納厭恨失敗，人大有名。他的字典裡沒有第二名，祇有贏家與輸家。冠軍是贏家，其他就統統都是輸家，第二名祇是輸家中排得最前面的，但輸家就是輸家，誰管你是好的輸家、還是糟的輸家？

史坦布萊納這種人生哲學，必定導往一個方向，他不祇要球場上的勝利，他要「壓倒性」的勝利。所以他找來的球星，都是具有「壓倒性」特質的人。

「壓倒性」（dominant）這個字，在棒球場上重要得很，對投手尤其重要。大聯盟那麼多投手，要能存活，大家都有一定的生涯勝率和防禦率，換句話說大家都得「有效率」，那怎麼分出明星投手來？明星投手，就是「壓倒性」的投手。什麼叫「壓倒性」的投手？他一走上投手丘，他身後的防守隊友就覺得很輕鬆很自在，敵隊教練就開始嚼菸草、咬手指。「壓倒性」不見得一定從數字上看出來，那是一種氣氛，逼得進入打擊區打者個個全神貫注、神經緊繃，逼得對手教練想方設法用盡戰術祇為將打者送上得分圈。那樣的氣氛與氣勢。

滾地球出局和三振出局，都是出局，有差嗎？對球賽「效率」沒差，但對投手「壓倒性」氣氛，絕對天差地別。前幾天「地鐵大戰」中，幫大都會隊以八比一大敗洋基隊的投手班森（Kris Benson），出身棒球迷家庭，所以他們家小孩的名字，一律都是K開頭的，K，就是奪三振。

三振，讓打者打不到球，讓野手不必疲於防守。三振，震懾對方打者，也提高自身隊友的安全感。三振，是一個投手建立起「壓倒性」的首要利器。

紐約洋基隊的先發投手，向來最講究「壓倒性」霸氣。應該說，史坦布萊納那雙老鷹眼，隨時在看大聯盟球場上，誰展現了「壓倒性」，他就隨時準備出手，把他們統統買到洋基隊旗下。

以前的威爾斯、克里門斯，現在的強森、布朗，他們共同點，就在球場上的霸氣。這些人個個K功了得、K榜輝煌，而且個個不服輸，恨不得一個人隻手拉著球隊拿下總冠軍。蘭迪·强森在響尾蛇隊時，總冠軍系列第六戰主投，第七戰關鍵時刻竟然還出場救援，靠他那「從二樓掉下來」的快速球，更靠他的意志力，打垮了那年的死對頭——

洋基隊。一九九八年，洋基隊封王過程中被嚇出一身冷汗，因為布朗掛帥領軍的聖地牙哥教士隊橫阻在路上，殺紅眼了的布朗，硬是將本來實力差一級的教士隊，搞得洋基都差點擺不平。

史坦布萊納要的，是這種霸氣風格，老實說，祇有史坦布萊納要嗎？其實大部分球迷，也都最欣賞這種霸氣風格吧！要不然為什麼全聯盟領最高薪水的球員，幾乎都清一色是這種霸氣型的？為什麼有霸氣型、壓倒性的明星，就能、也才能保證票房呢？

過去幾年，批判洋基、批判史坦布萊納蔚為風潮，於是跟史坦布萊納完全相反的比利·比恩，成了大熱門。帶領奧克蘭運動家隊的比恩，的確創造了一種花小錢一樣能贏球的「效率」奇蹟，不過老實說（又是有點冷的冷水），比恩充其量祇是成功的「對反」（antithesis），卻不可能變成棒球的新典範。

道理很簡單，比恩那樣經營法（欲知詳情，可參看麥可·路易士寫的《魔球》），球隊裡不會有明星，明星也留不住。沒有明星還能贏球？哇，了不起。可是，球迷不祇要看輸贏，球迷還要看明星，尤其是具備壓倒性特質的球場明星。

沒明星還能贏球，當然比沒有明星又輸球好得多。可是沒明星就凝聚不了球迷，貧窮的運動家隊還是要繼續貧窮下去，繼續其「貧窮物語」的傳奇歷程。

有明星、有許多大明星的洋基隊，還是會繼續財大氣粗下去。輸球，祇會使史坦布萊納換教練換球員，可是他去選去找的，一定還是壓倒性風格的球員，他永遠也不會變成追求「效率」的比恩。

王建民不可以自我設限，祇當「有效率」的投手。我們球迷也別老罵洋基「現實」，畢竟我們那麼挺王建民，不也是出於熱情，而非理智的選擇嗎？

楊照作品集 06

面對未來最重要的50個觀念

作　　者　楊　照
總 編 輯　初安民
責任編輯　陳思妤
美術編輯　許秋山
校　　對　吳美滿　陳思妤　楊　照

發 行 人　張書銘
出　　版　INK 印刻出版有限公司
台北縣中和市中正路 800 號 13 樓之 3
電話：02-22281626
傳真：02 22281598
e-mail:ink.book@msa.hinet.net
法律顧問　林春金律師

總 代 理　成陽出版股份有限公司
業務部／訂書電話：02-22256562　訂書傳真：02-22258783
訂書地址：台北縣中和市中正路 800 號 11 樓之 2
e-mail：rspubl@sudu.cc
網址：舒讀網 http://www.sudu.cc
物流部／電話：03-3589000　傳真：03-3581688
退書地址：桃園市春日路 1490 號
郵政劃撥　19000691 成陽出版股份有限公司
門市地址　106 台北市新生南路三段 96-4 號 1 樓
門市電話　02-23631407
印　　刷　海王印刷事業股份有限公司

出版日期　2006 年 2 月 初版
ISBN 986-7108-17-5
定價　300 元

國家圖書館出版品預行編目資料

面對未來最重要的 50 個觀念／
楊照 著.--初版，--臺北縣中和市：INK 印刻，
2006〔民 95〕面；　公分（楊照作品集：6）

ISBN 986-7108-17-5（平裝）

1.論叢與雜著

078　　94025982

INK

INK INK INK INK INK INK
NK INK INK INK INK INK IN
INK INK INK INK INK INK
NK INK INK INK INK INK IN
INK INK INK INK INK INK
NK INK INK INK INK INK IN
INK INK INK INK INK INK
NK INK INK INK INK INK IN
INK INK INK INK INK INK
NK INK INK INK INK INK IN
INK INK INK INK INK INK
NK INK INK INK INK INK IN
INK INK INK INK INK INK
NK INK INK INK INK INK IN
INK INK INK INK INK INK
NK INK INK INK INK INK IN
INK INK INK INK INK INK
NK INK INK INK INK INK IN
INK INK INK INK INK INK
NK INK INK INK INK INK IN
INK INK INK INK INK INK
NK INK INK INK INK INK IN
INK INK INK INK INK INK
NK INK INK INK INK INK IN
INK INK INK INK INK INK